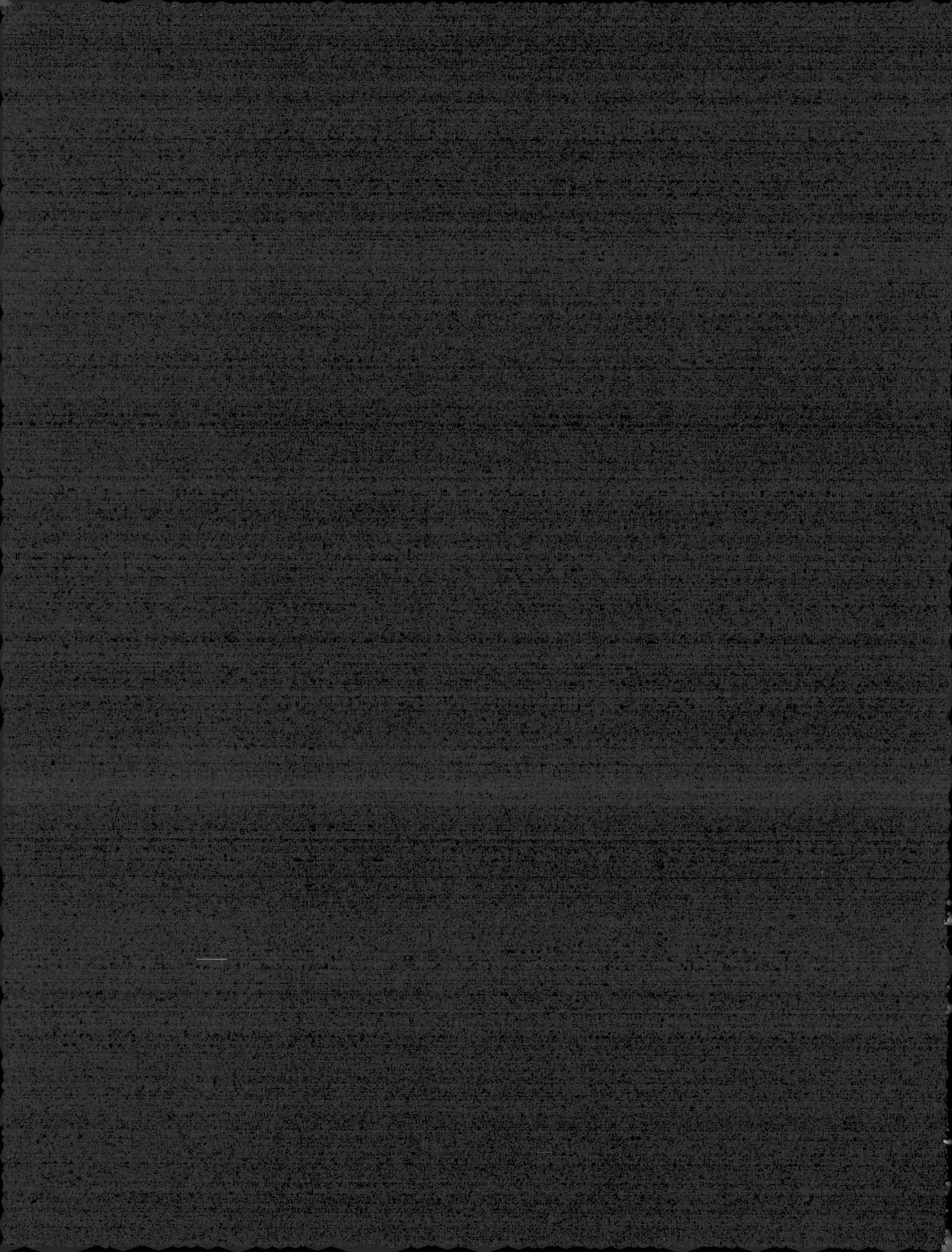

一頁 folio

始 于 一 页 ， 抵 达 世 界

铸剑

鲁迅·原著　　昔酒·编绘

GUANGXI NORMAL UNIVERSITY PRESS
广西师范大学出版社
·桂林·

壹

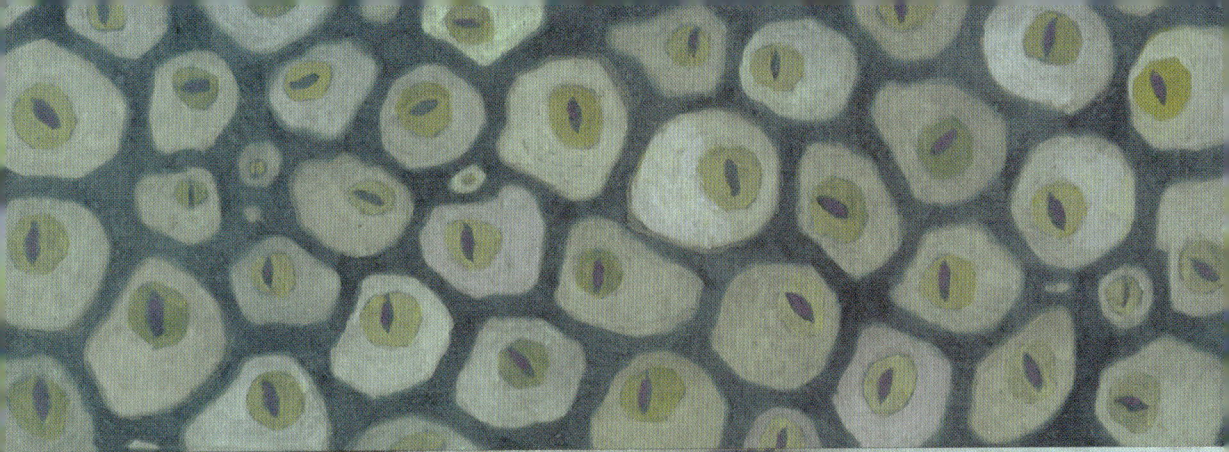

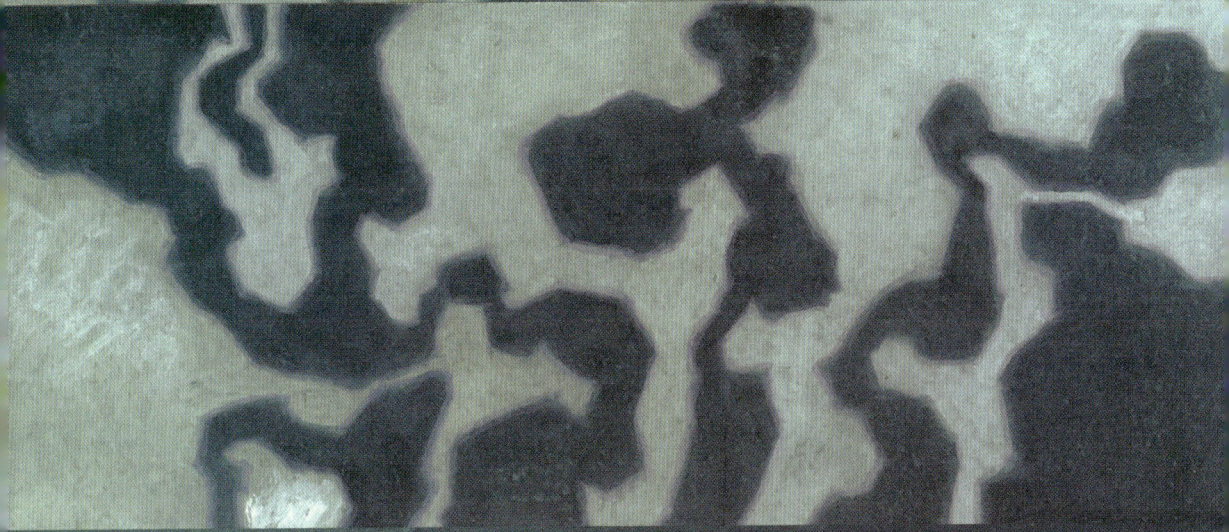

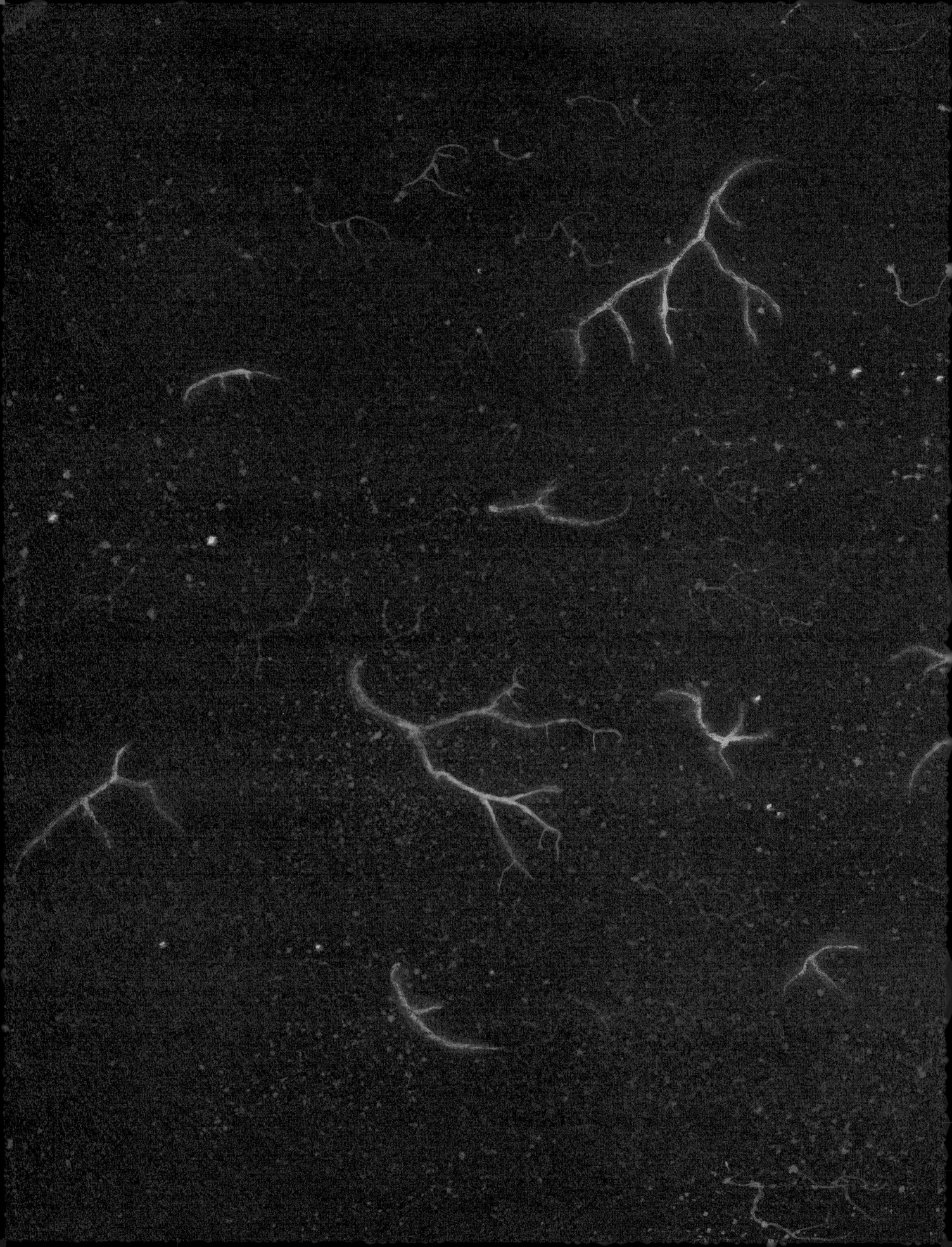

眉间尺[1]刚和他的母亲睡下，老鼠便出来咬锅盖，使他听得发烦。他轻轻地叱了几声，最初还有些效验，后来是简直不理他了，格支格支地径自咬。他又不敢大声赶，怕惊醒了白天做得劳乏，晚上一躺就睡着了的母亲。

许多时光之后，平静了；他也想睡去。忽然，扑通一声，惊得他
又睁开眼。同时听到沙沙地响，是爪子抓着瓦器的声音。

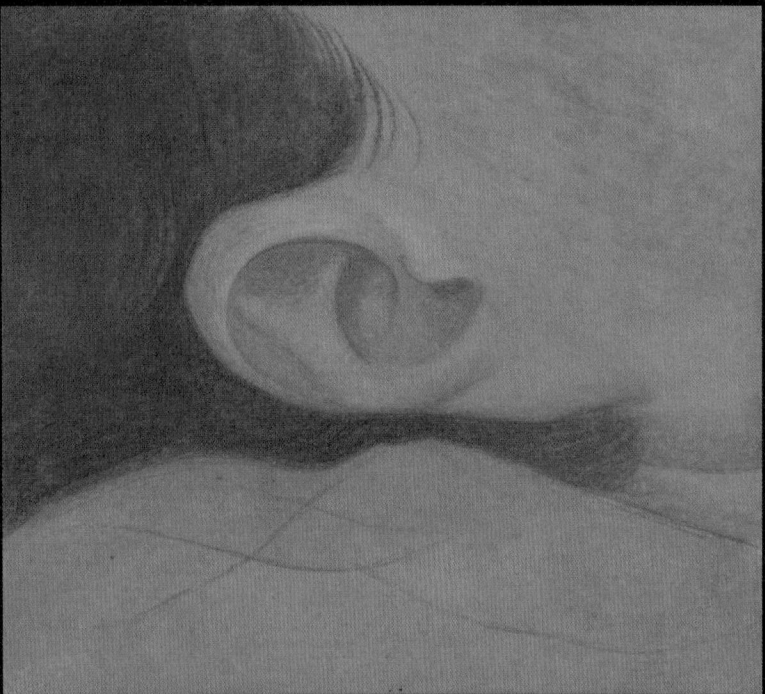

"好！该死！"

他想着，心里非常高兴，
一面就轻轻地坐起来。

他跨下床，借着月光走向门背后，摸到钻火家伙，点上松明⁽²⁾，向水瓮里一照。
果然，一匹很大的老鼠落在那里面了；但是，存水已经不多，爬不出来，只沿
着水瓮内壁，抓着，团团地转圈子。

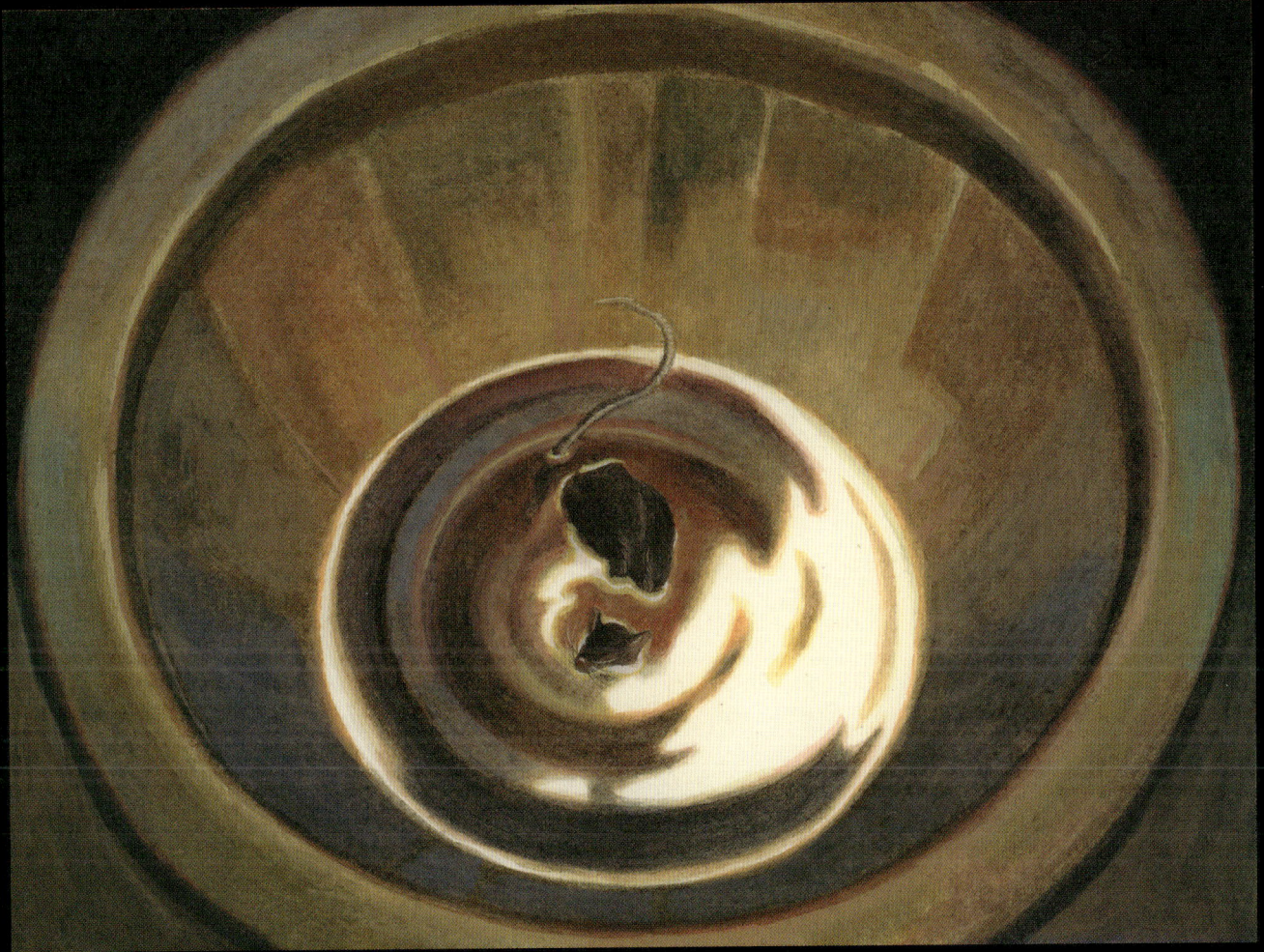

"活该！"他一想到夜夜咬家具，闹得他不能安稳睡觉的便是它们，很觉得畅快。他将松明插在土墙的小孔里，赏玩着；然而那圆睁的小眼睛，又使他发生了憎恨，伸手抽出一根芦柴，将它直按到水底去。过了一会，才放手，那老鼠也随着浮了上来，还是抓着瓮壁转圈子。只是抓劲已经没有先前似的有力，眼睛也淹在水里面，单露出一点尖尖的通红的小鼻子，咻咻地急促地喘气。

他近来很有点不大喜欢红鼻子的人。但这回见了这尖尖的小红鼻子，却忽然觉得它可怜了，就又用那芦柴，伸到它的肚下去，老鼠抓着，歇了一回力，便沿着芦干爬了上来。待到他看见全身，——湿淋淋的黑毛，大的肚子，蚯蚓似的尾巴，——便又觉得可恨可憎得很，慌忙将芦柴一抖，扑通一声，老鼠又落在水瓮里，他接着就用芦柴在它头上捣了几下，叫它赶快沉下去。

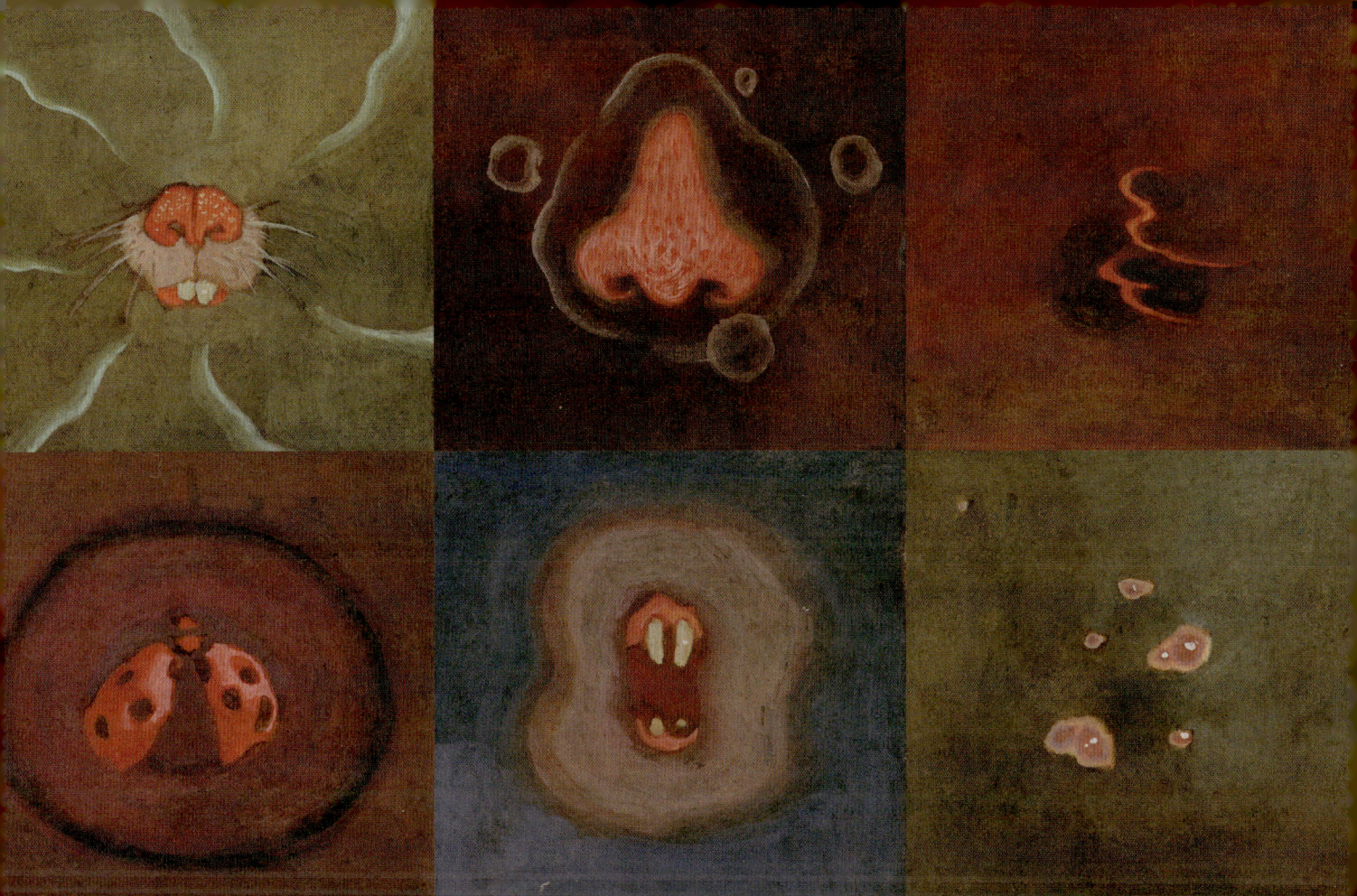

换了六回松明之后，那老鼠已经不能动弹，不过沉浮在水中间，有时还向水面微微一跳。眉间尺又觉得很可怜，随即折断芦柴，好容易将它夹了出来，放在地面上。老鼠先是丝毫不动，后来才有一点呼吸；又许多时，四只脚运动了，一翻身，似乎要站起来逃走。这使眉间尺大吃一惊，不觉提起左脚，一脚踏下去。只听得吱的一声，他蹲下去仔细看时，只见口角上微有鲜血，大概是死掉了。

"尺儿，你在做什么？"
他的母亲已经醒来了，在床上问。

"老鼠……"
他慌忙站起，回转身去，却只答了两个字。

"是的，老鼠。这我知道。
可是你在做什么？杀它呢，还是在救它？"

他没有回答。松明烧尽了；
他默默地立在暗中，渐看见月光的皎洁。

"唉！"他的母亲叹息说，"一交子时，你就是十六岁了，性情还是那样，不冷不热地，一点也不变。

他看见他的母亲坐在灰白色的月影中，仿佛身体都在颤动；

低微的声音里，含着无限的悲哀，使他冷得毛骨悚然，

而一转眼间，又觉得热血在全身中忽然腾沸。

"父亲的仇？父亲有什么仇呢？"他前进几步，惊急地问。

"能。说罢，母亲。我要改过……"

他走过去；他的母亲端坐在床上，

在暗白的月影里，两眼发出闪闪的光芒。

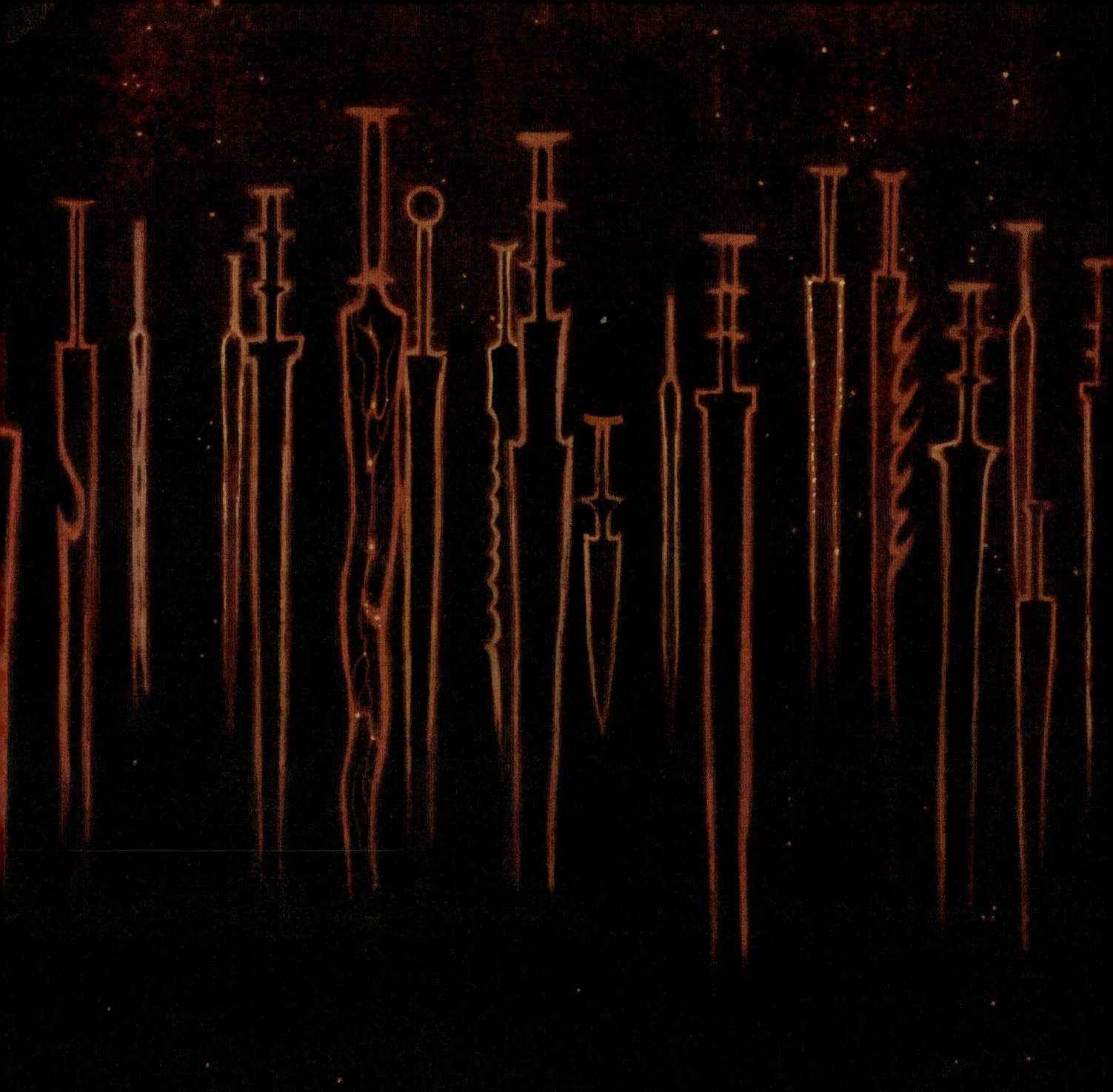

"听哪！"她严肃地说，"你的父亲原是一个铸剑的名工，天下第一。他的工具，我早已都卖掉了来救了穷了，你已经看不见一点遗迹；但他是一个世上无二的铸剑的名工。

"二十年前，王妃生下了一块铁[3]，听说是抱了一回铁柱之后受孕的，是一块纯青透明的铁。大王知道是异宝，便决计用来铸一把剑，想用它保国，用它杀敌，用它防身。不幸你的父亲那时偏偏入了选，便将铁捧回家里来，日日夜夜地锻炼，费了整三年的精神，炼成两把剑。

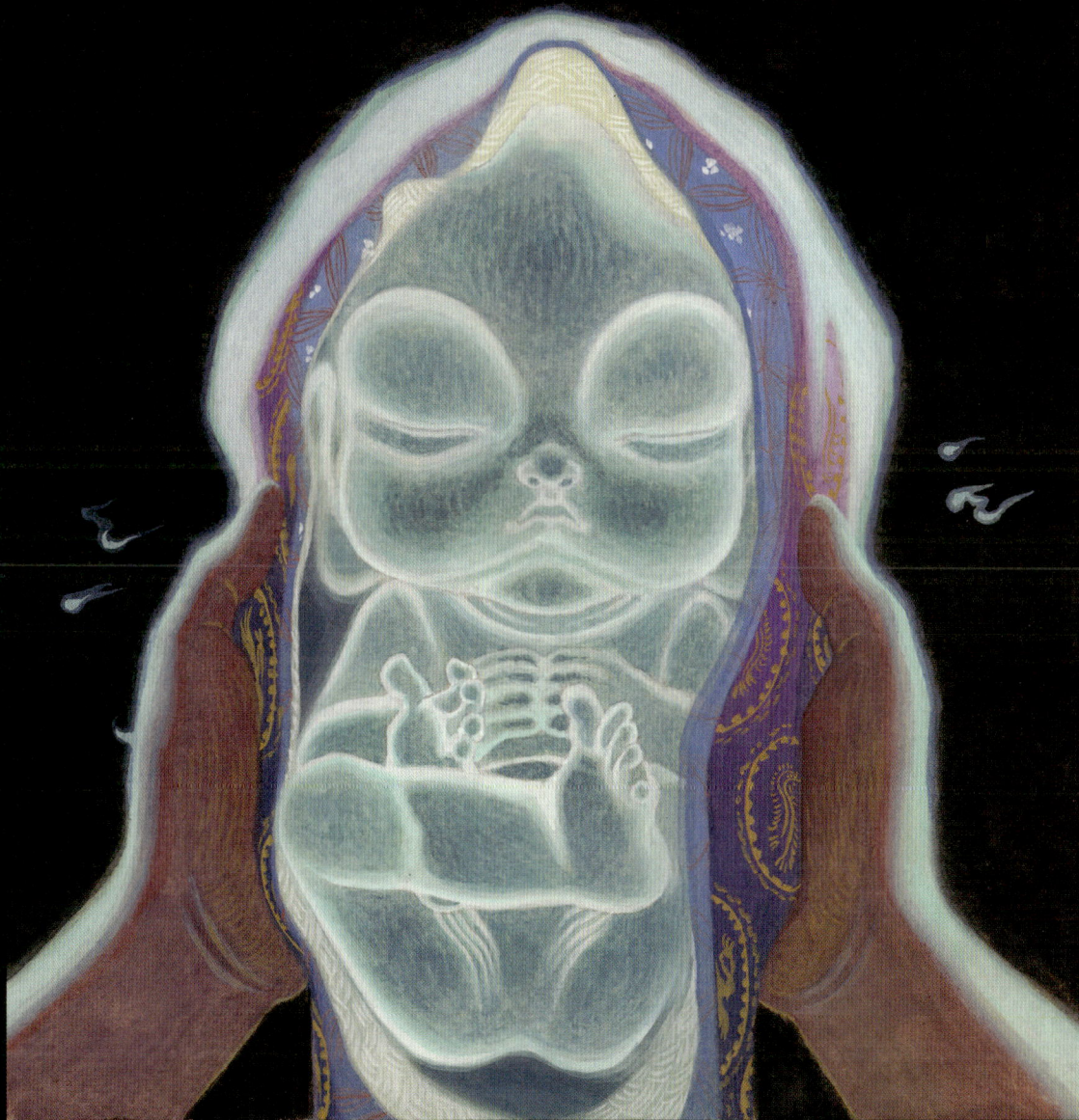

"当最末次开炉的那一日，是怎样地骇人的景象呵！哗拉拉地腾上一道白气的时候，地面也觉得动摇。那白气到天半便变成白云，罩住了这处所，渐渐现出绯红颜色，映得一切都如桃花。

"我家的漆黑的炉子里，是躺着通红的两把剑。

"你父亲用井华水[4]慢慢地滴下去，那剑嘶嘶地吼着，慢慢转成
青色了。这样地七日七夜，就看不见了剑，仔细看时，却还在炉

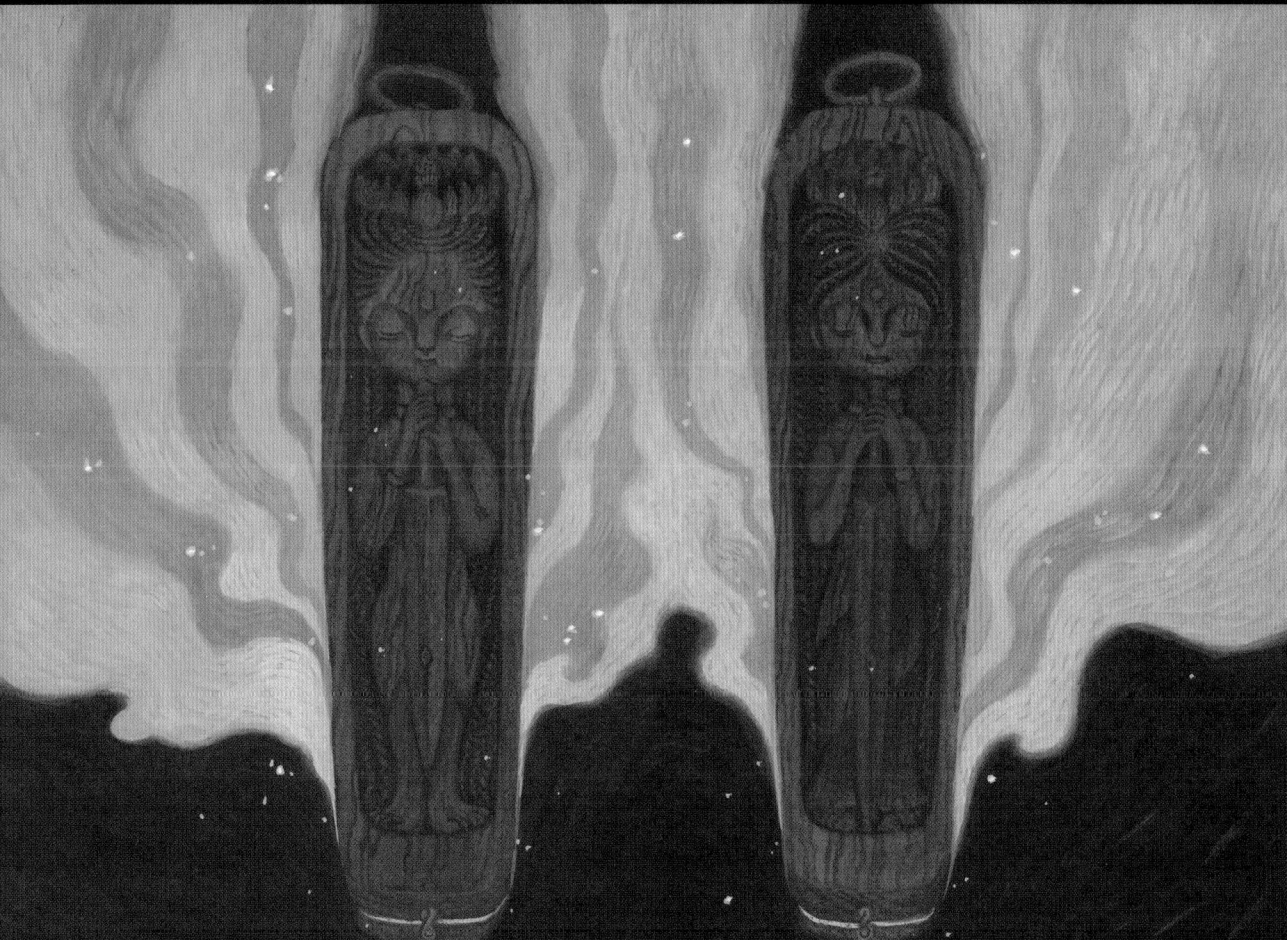

"大欢喜的光采，便从你父亲的眼睛里四射出来；他取起剑，拂拭着，拂拭着。然而悲惨的皱纹，却也从他的眉头和嘴角出现了。他将那两把剑分装在两个匣子里。

"'唉！你怎么知道呢！'他说，'大王是向来善于猜疑，又极残忍的。这回我给他炼成了世间无二的剑，他一定要杀掉我，免得我再去给别人炼剑，来和他匹敌，

"'你只要看这几天的景象，就明白无论是谁，都知道道剑已炼就的了。'他悄悄地对我说，'一到明天，我必须去献给大王。但献剑的一天，也就是我命尽的日子。怕我们从此要长别了。'

"'你……'我很骇异，猜不透他的意思，不知怎么说的好。我只是这样地说：'你这回有了这么大的功劳……'

"我掉泪了。

他的眼里忽然发出电火似的光芒，将一个剑匣放在我膝上。

这是雄剑。' 他说，'你收着。明天，我只将这雌剑献给大王去。倘若我一去竟不回来了呢，那是我一定不再在人间了。你不是怀孕已经五六个月了么？不要悲哀；待生了孩子，好好地抚养。一到成人之后，你便交给他这雄剑，教他砍在大王的颈子上，给我报仇！' "

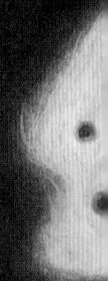

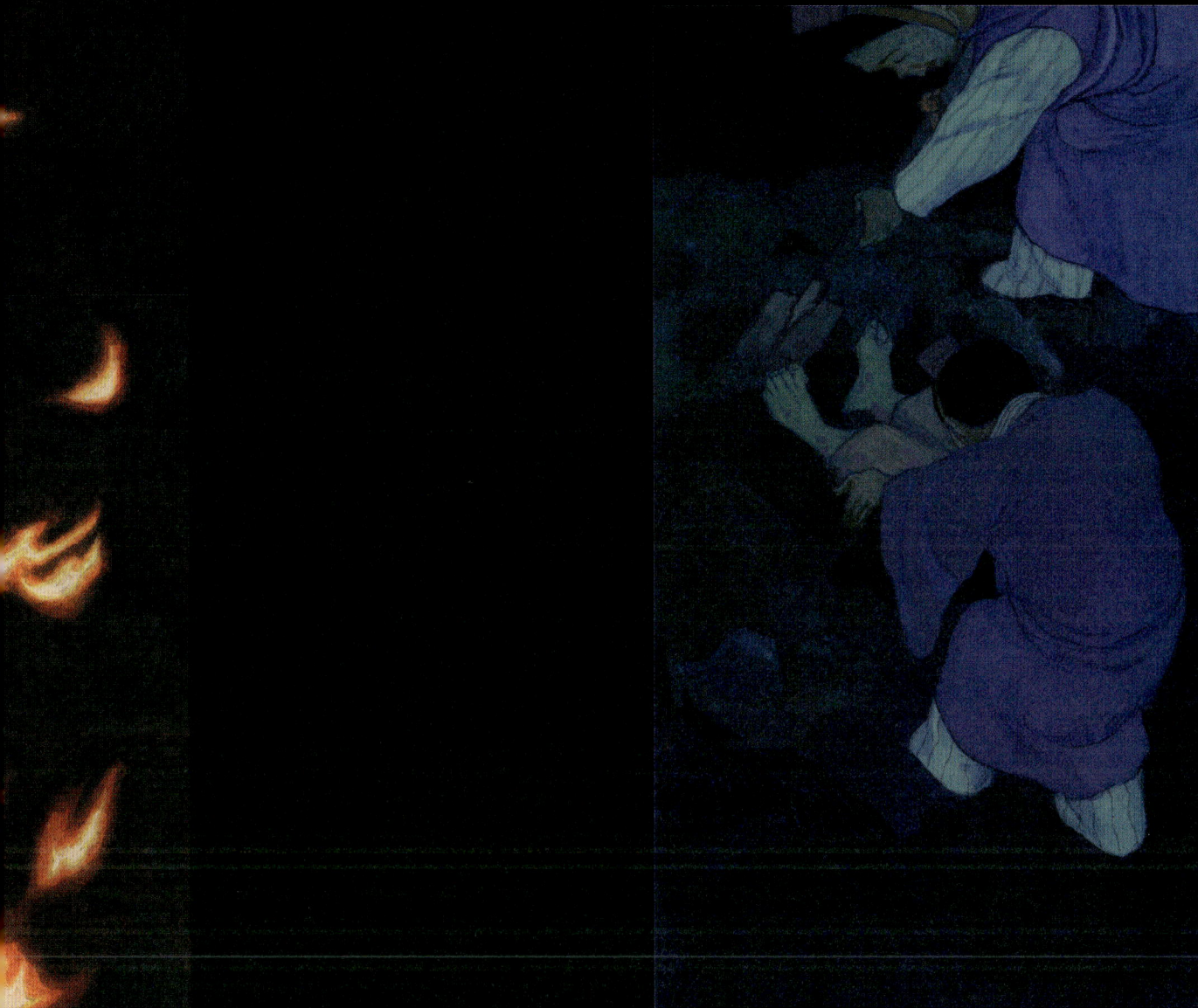

"那天父亲回来了没有呢？"眉间尺赶紧问。

"没有回来！"她冷静地说，"我四处打听，也杳无消息。后来听得人说，第一个用血来饲你父亲自己炼成的剑的人，就是他自己——你的父亲。还怕他鬼魂作怪，将他的身首分埋在前门和后苑了！"

他的母亲站起了，揭去床头的木板，下床点了松明，到门背后取

过一把锄，交给眉间尺道："掘下去！"

眉间尺心跳着，但很沉静的一锄一锄轻轻地掘下去。
掘出来的都是黄土，约到五尺多深，土色有些不同了，
似乎是烂掉的材木。

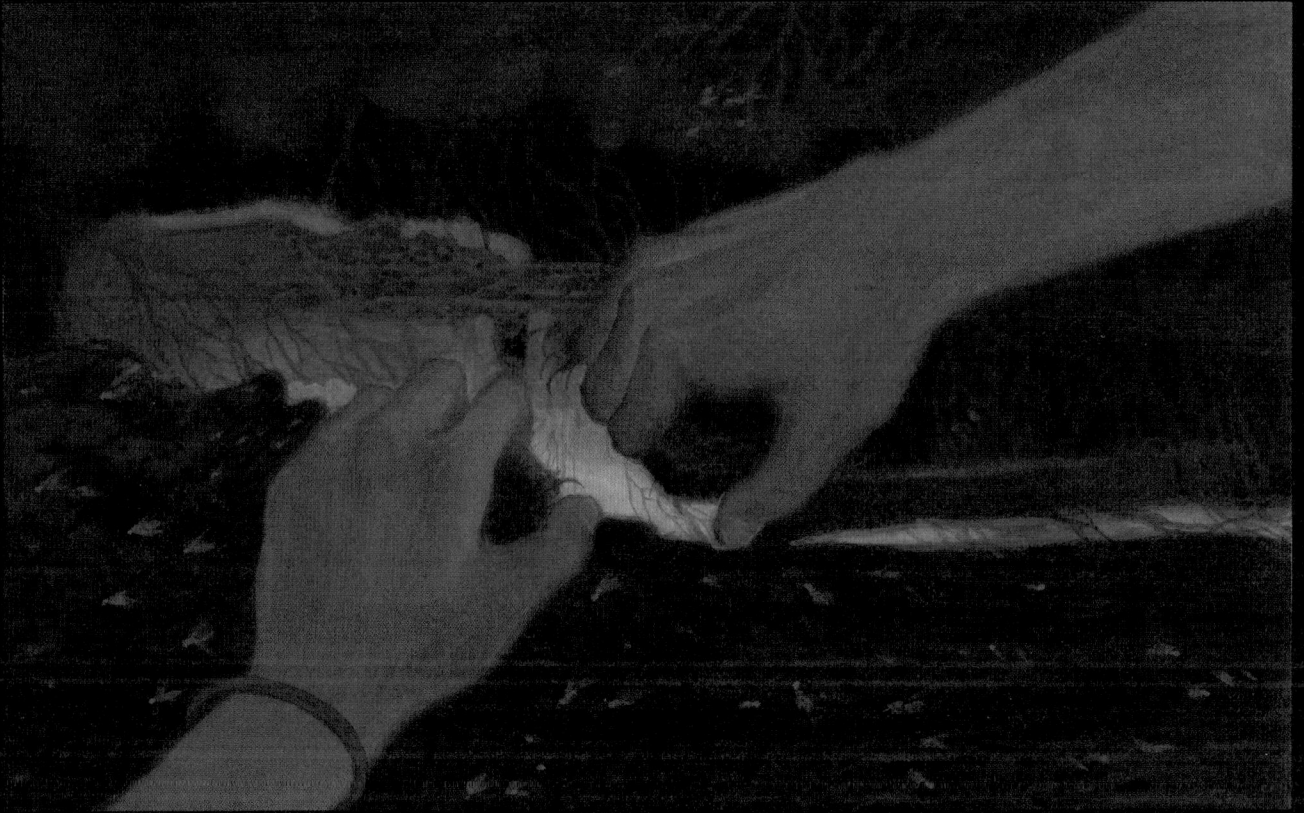

"看罢！要小心！"
他的母亲说。

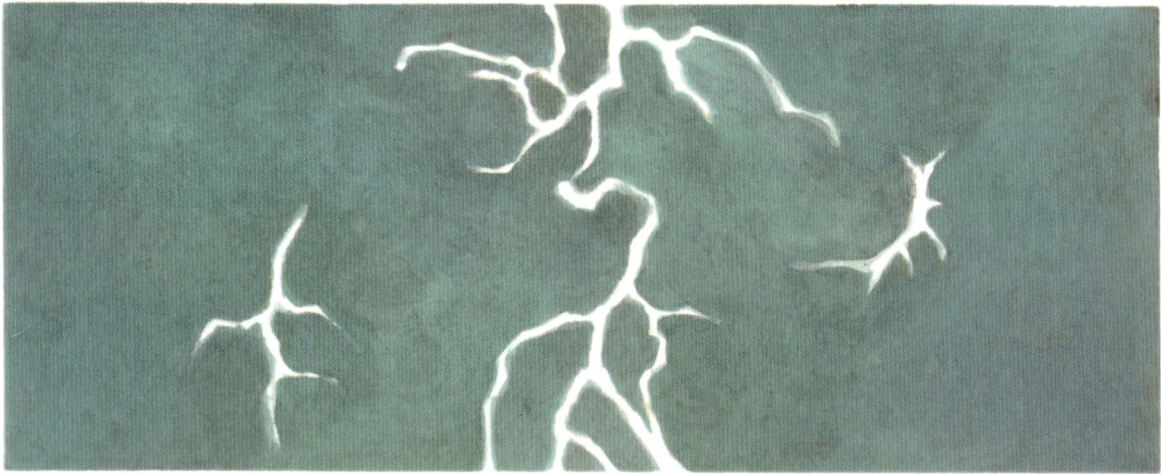

眉间尺伏在掘开的洞穴旁边，伸手下去，谨慎小心地撮开烂树，待到指尖一冷，有如触着冰雪的时候，那纯青透明的剑也出现了。他看清了剑靶，捏着，提了出来。

窗外的星月和屋里的松明似乎都骤然失了光辉，惟有青光充塞宇内。那剑便溶在这青光中，看去好像一无所有。

眉间尺凝神细视，这才仿佛看见长五尺余，却并不见得怎样锋利，剑口反而有些浑圆，正如一片韭叶。

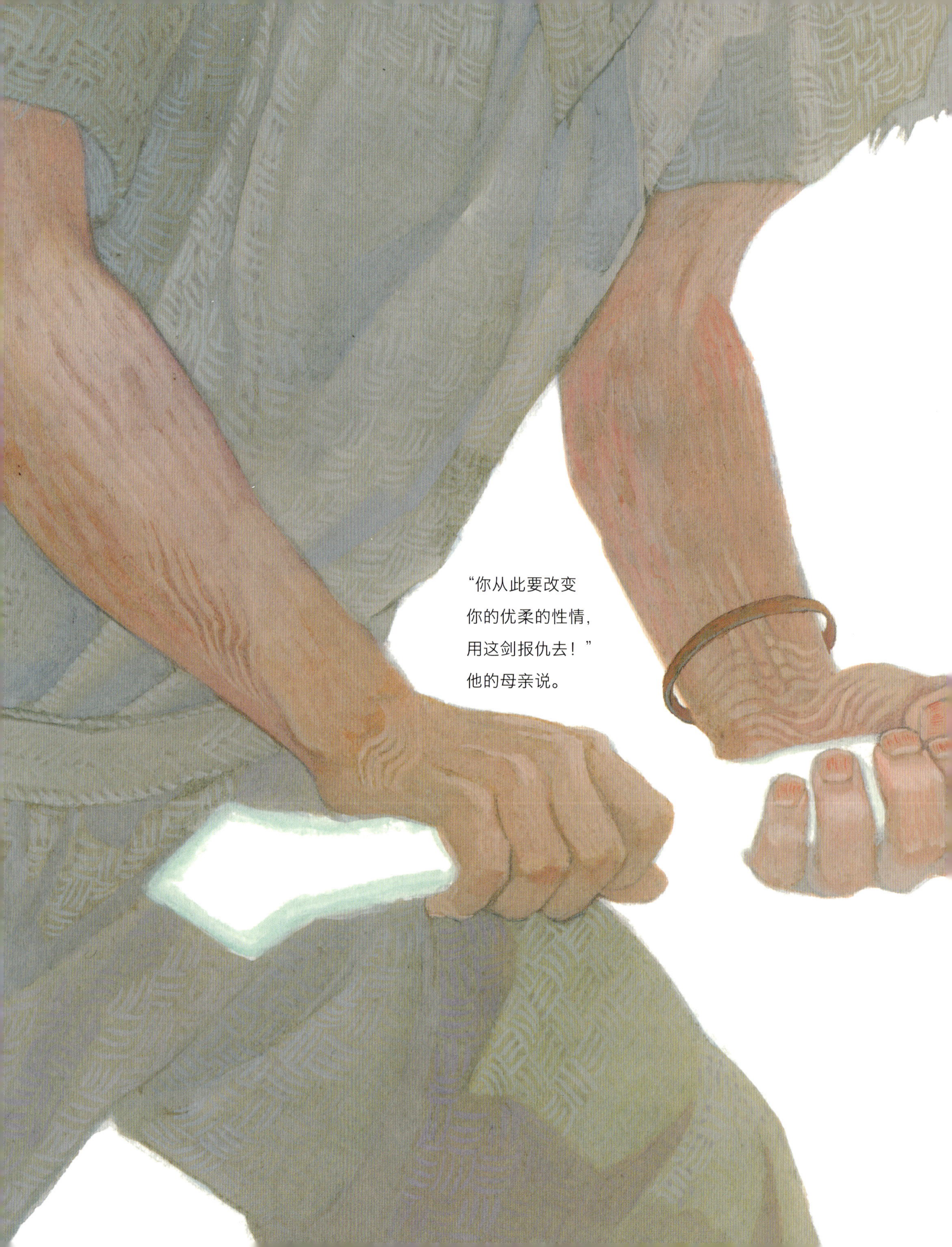

"你从此要改变
你的优柔的性情，
用这剑报仇去！"
他的母亲说。

"我已经改变了我的优柔的性情，要用这剑报仇去！"

路去罢。不要记念我！" 她向床后的破衣箱一指，说。

眉间尺取出新衣，试去一穿，长短正很合式。

他便重行叠好，裹了剑，放在枕边，沉静地躺下。

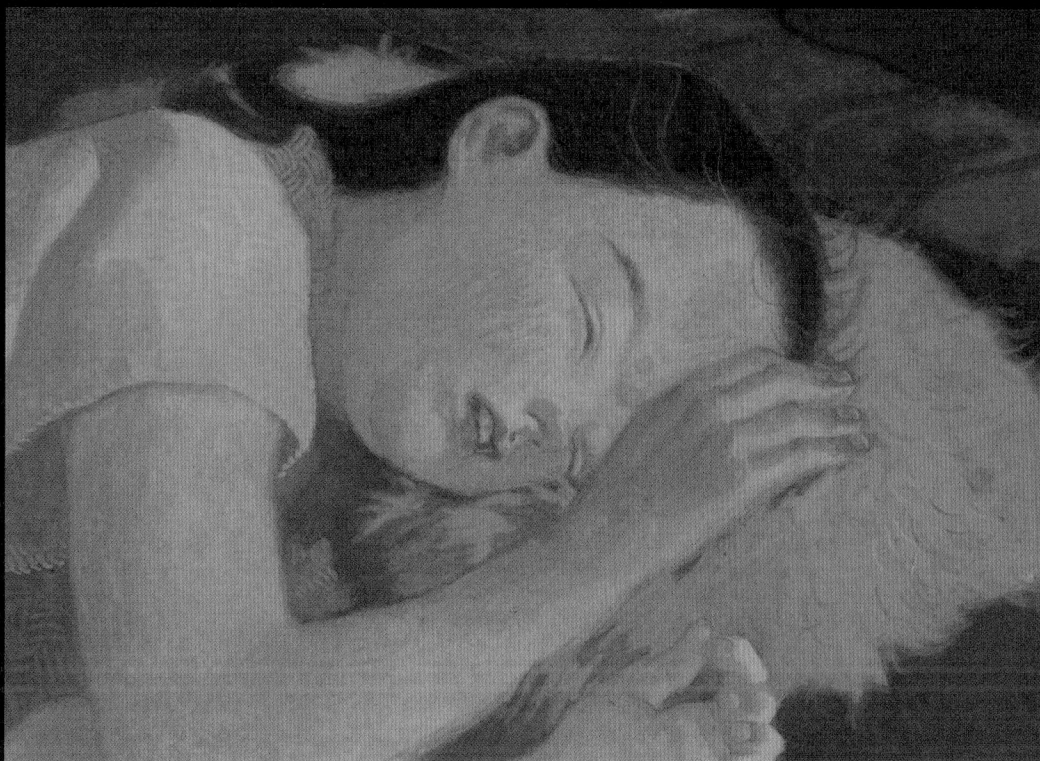

他觉得自己已经改变了优柔的性情；他决心要并无心事一般，倒头便睡，清晨醒来，毫不改变常态，从容地去寻他不共戴天的仇雠。

但他醒着。

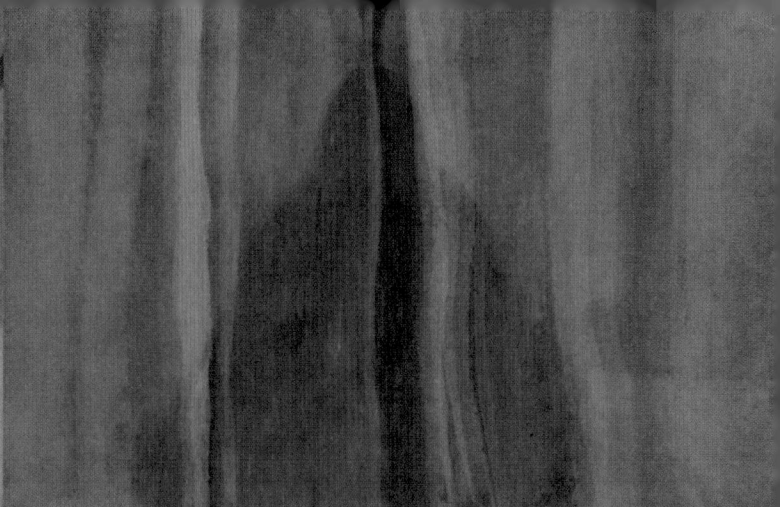

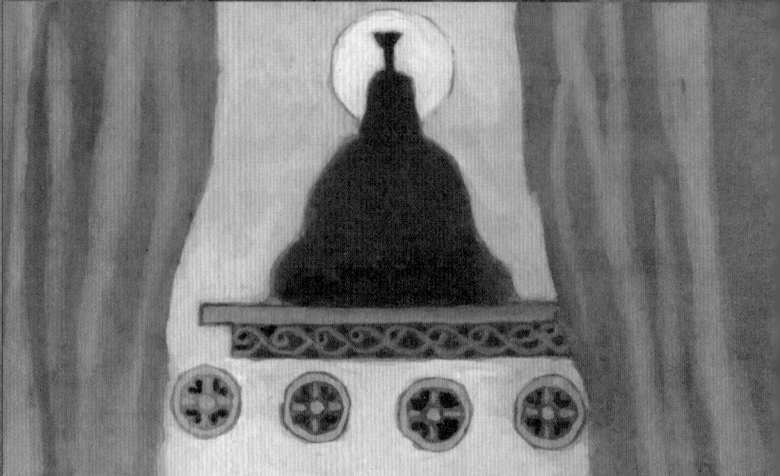

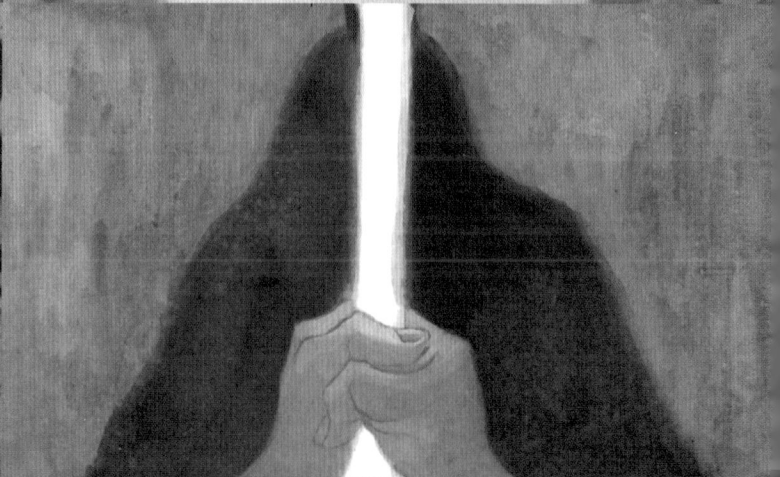

他翻来覆去，总想坐起来。
他听到他母亲的失望的轻轻的长叹。

他听到最初的鸡鸣；他知道已交子时，自己是上了
十六岁了。

贰

当眉间尺肿着眼眶，头也不回的跨出门外，穿着青衣，背着青剑，迈开大步，径奔城中的时候，东方还没有露出阳光。杉树林的每一片叶尖，都挂着露珠，其中隐藏着夜气。

但是，待到走到树林的那一头，露珠里却闪出各样的光辉，渐渐幻成晓色了。远望前面，便依稀看见灰黑色的城墙和雉堞[5]。

和挑葱卖菜的一同混入城里，街市上已经很热闹。男人们一排一排的呆站着；女人们也时时从门里探出头来。她们大半也肿着眼眶；蓬着头；黄黄的脸，连脂粉也不及涂抹。

眉间尺预觉到将有巨变降临，他们便都是焦躁而忍耐地等候着这巨变的。

他径自向前走；一个孩子突然跑过来，几乎碰着他背上的剑尖，使他吓出了一身汗。转出北方，离王宫不远，人们就挤得密密层层，都伸着脖子。

人丛中还有女人和孩子哭嚷的声音。他怕那看不见的雄剑伤了人，不敢挤进去；然而人们却又在背后拥上来。他只得宛转地退避；面前只看见人们的背脊和伸长的脖子。

忽然，前面的人们都陆续跪倒了；
远远地有两匹马并着跑过来。

此后是拿着木棍，戈，刀，弓弩，旌旗的武人，走得满路黄尘滚滚。又来了一辆四匹马拉的大车，上面坐着一队人，有的打钟击鼓，有的嘴上吹着不知道叫什么名目的劳什子。

此后又是车，里面的人都穿画衣，不是老头子，便是
矮胖子，个个满脸油汗。接着又是一队拿刀枪剑戟的
骑士。跪着的人们便都伏下去了。

这时眉间尺正看见一辆黄盖的大车驰来，正中坐着一
个画衣的胖子，花白胡子，小脑袋；腰间还依稀看见
佩着和他背上一样的青剑。

他不觉全身一冷，但立刻又灼热起来，像是猛火焚烧着。他一面伸手向肩头捏住剑柄，一面提起脚，便从伏着的人们的脖子的空处跨出去。

但他只走得五六步，就跌了一个倒栽葱，因为有人突然捏住了他的一只脚。这一跌又正压在一个干瘪脸的少年身上；他正怕剑尖伤了他，吃惊地起来看的时候，肋下就挨了很重的两拳。他也不暇计较，再望路上，不但黄盖车已经走过，连拥护的骑士也过去了一大阵了。

路旁的一切人们也都爬起来。干瘪脸的少年却还扭住了眉间尺的衣领，不肯放手，说被他压坏了贵重的丹田，必须保险，倘若不到八十岁便死掉了，就得抵命。

闲人们又即刻围上来，呆看着，但谁也不开口；后来有人从旁笑骂了几句，却全是附和干瘪脸少年的。眉间尺遇到了这样的敌人，真是怒不得，笑不得，只觉得无聊，却又脱身不得。这样地经过了煮熟一锅小米的时光，眉间尺早已焦躁得浑身发火，看的人却仍不见减，还是津津有味似的。

前面的人圈子动摇了，挤进一个黑色的人来，黑须黑眼睛，瘦得如铁。他并不言语，只向眉间尺冷冷地一笑，一面举手轻轻地一拨干瘪脸少年的下巴，并且看定了他的脸。

那少年也向他看了一会，不觉慢慢地松了手，溜走了；那人也就溜走了；看的人们也都无聊地走散。只有几个人还来问眉间尺的年纪，住址，家里可有姊姊。眉间尺都不理他们。

他向南走着；心里想，城市中这么热闹，容易误伤，还不如在南门外等候他回来，给父亲报仇罢，那地方是地旷人稀，实在很便于施展。

这时满城都议论着国王的游山，仪仗，威严，自己得
见国王的荣耀，以及俯伏得有怎么低，应该采作国民
的模范等等，很像蜜蜂的排衙[6]。

直至将近南门，这才渐渐地冷静。

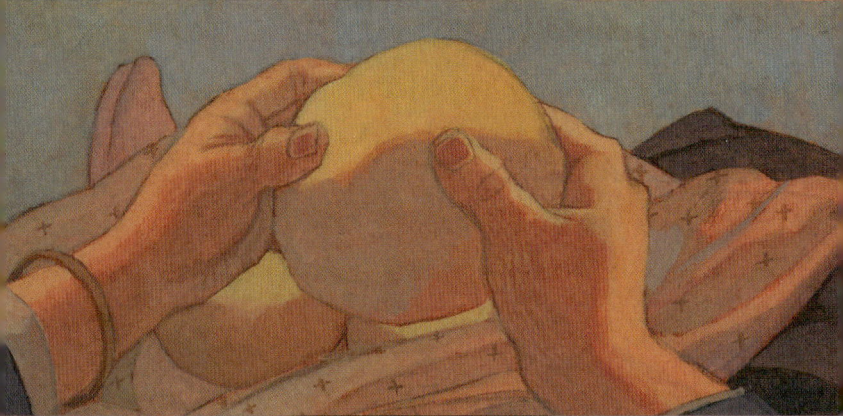

他走出城外，坐在一株大桑树下，取出两个馒头来充
了饥；吃着的时候忽然记起母亲来，不觉眼鼻一酸，
然而此后倒也没有什么。周围是一步一步地静下去了，
他至于很分明地听到自己的呼吸。

天色愈暗，他也愈不安，尽目力望着前方，毫不见有国王回来的

影子。上城卖菜的村人，一个个挑着空担出城回家去了。

人迹绝了许久之后，忽然
从城里闪出那一个黑色的人来。

"走罢，眉间尺！
国王在捉你了！"

他说，声音好像鸱鸮。

眉间尺浑身一颤，中了魔似的，立即跟着他走；后来是飞奔。他站定了喘息许多时，才明白已经到了杉树林边。后面远处有银白的条纹，是月亮已从那边出现；前面却仅有两点燐火一般的那黑色人的眼光。

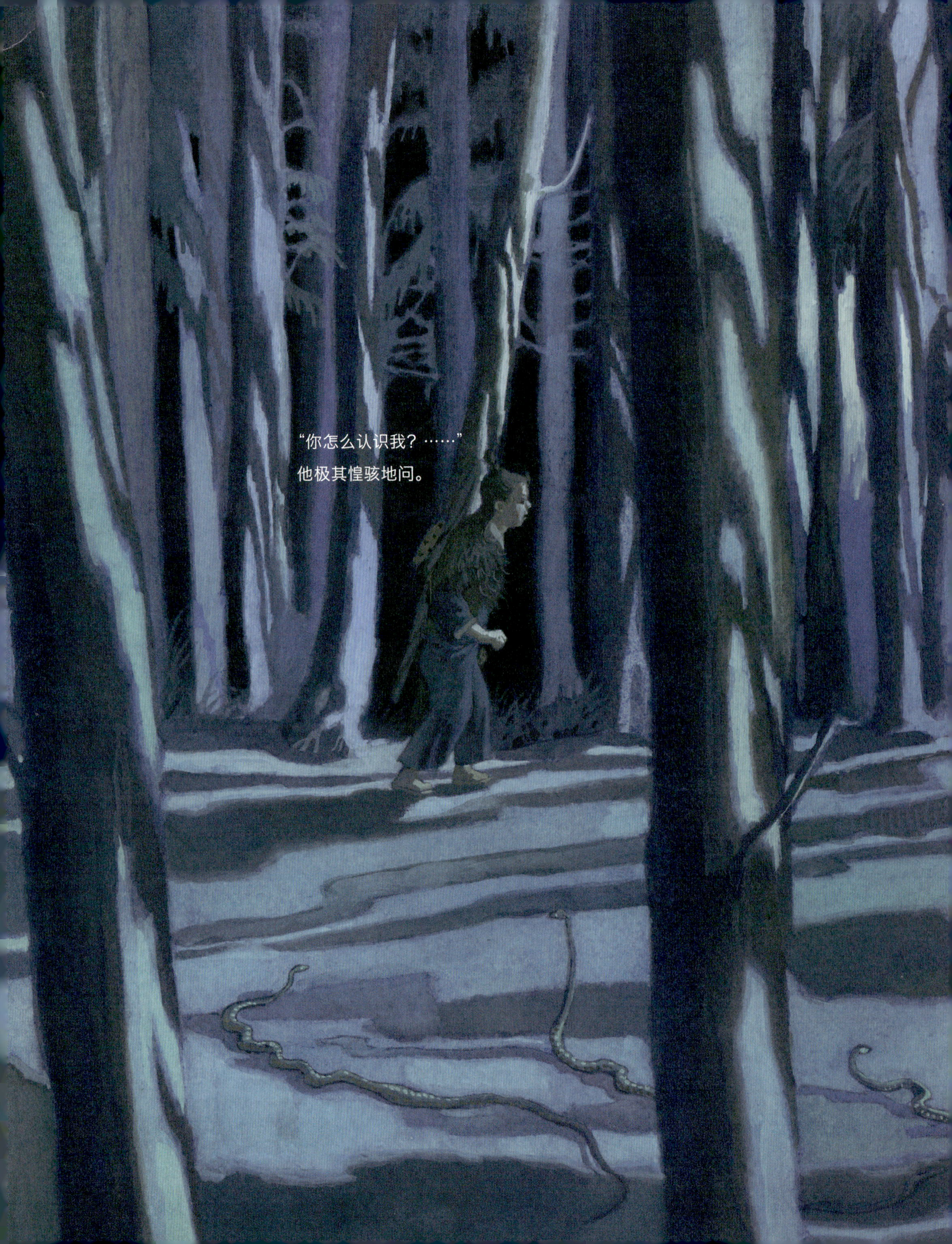

“你怎么认识我？……”
他极其惶骇地问。

"哈哈！我一向认识你。"
那人的声音说。

"我知道你背着雄剑，要给你的父亲报仇，我也知道你报不成。岂但报不成；今
天已经有人告密，你的仇人早从东门还宫，下令捕拿你了。"

"唉唉，母亲的叹息是无怪的。"他低声说。

"你么？你肯给我报仇么，义士？"

"那么，你同情于我们孤儿寡妇？
......"

道一半。她不知道我要给你报仇。"

过，现在却都成了放鬼债的资本^[7]。我的心里全没有

你所谓的那些。我只不过要给你报仇！"

"好。

但你怎么给我报仇呢？"

"只要你给我两件东西。"

两粒燐火下的声音说。

"那两件么？你听着：

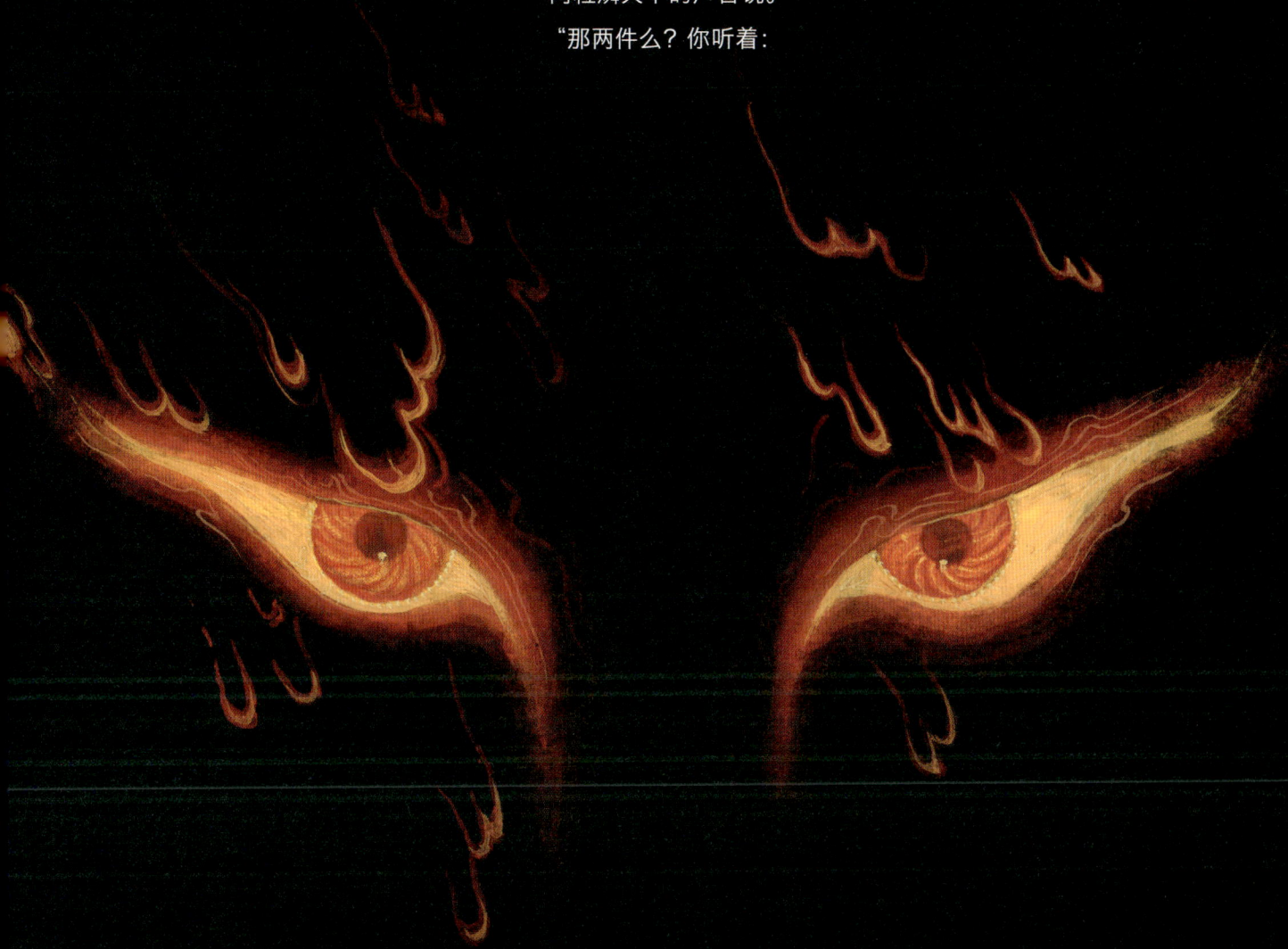

"一是你的剑，二是你的头！"

眉间尺虽然觉得奇怪，有些狐疑，却并不吃惊。他一时开不得口。

"你不要疑心我将骗取你的性命和宝贝。"暗中的声音又严冷地说，
"这事全由你。你信我，我便去；你不信，我便住。"

"但你为什么给我去报仇的呢？
你认识我的父亲么？"

"我一向认识你的父亲，也如一向认识你一样。但我要报仇，却并不为此。聪明的孩子，告诉你罢。你还不知道么，我怎么地善于报仇。"

"你的就是我的；他也就是我。
我的魂灵上是有这么多的，人我所加的伤，
我已经憎恶了我自己！"

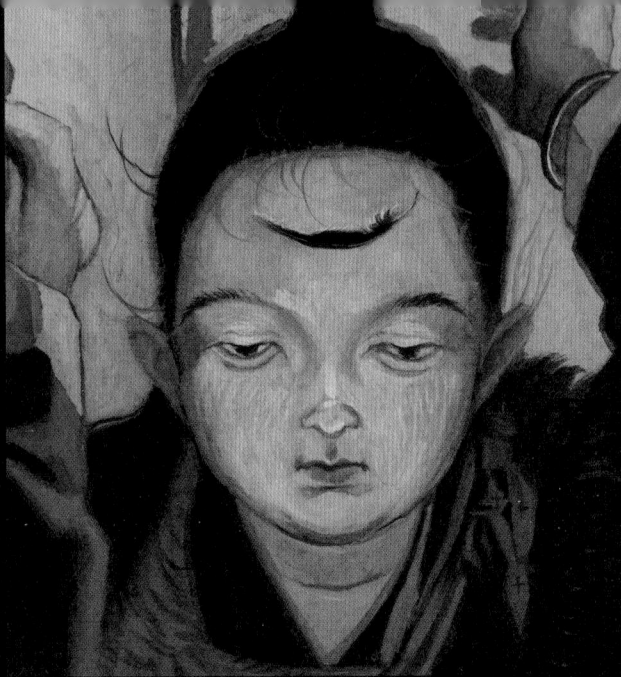

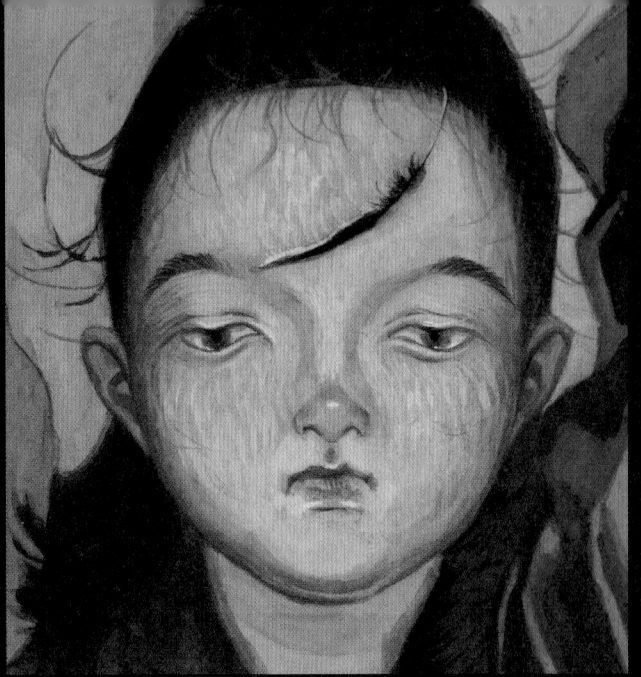

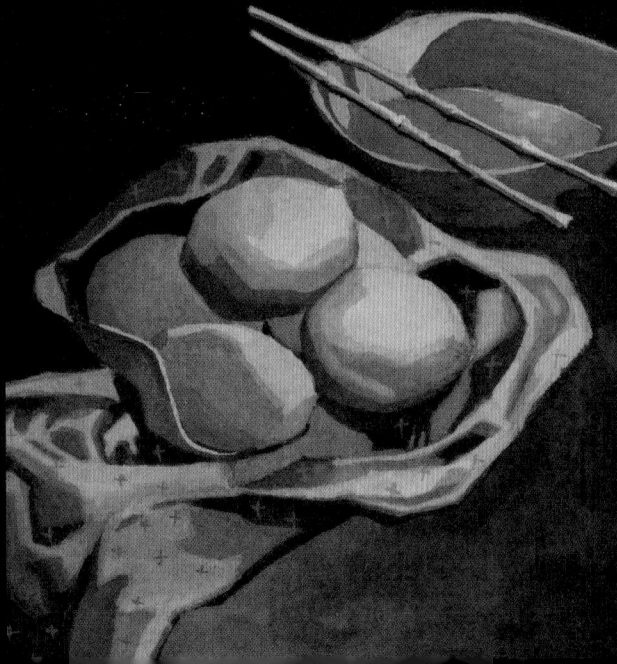

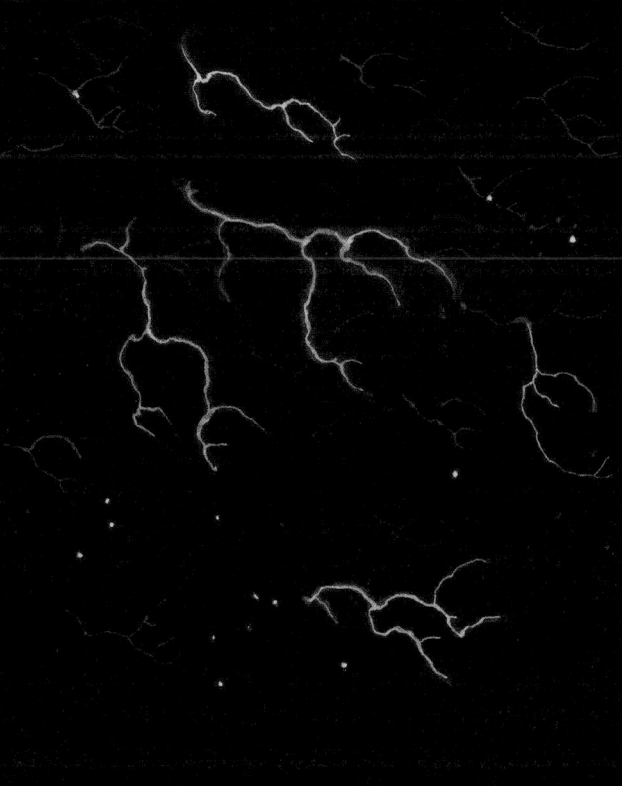

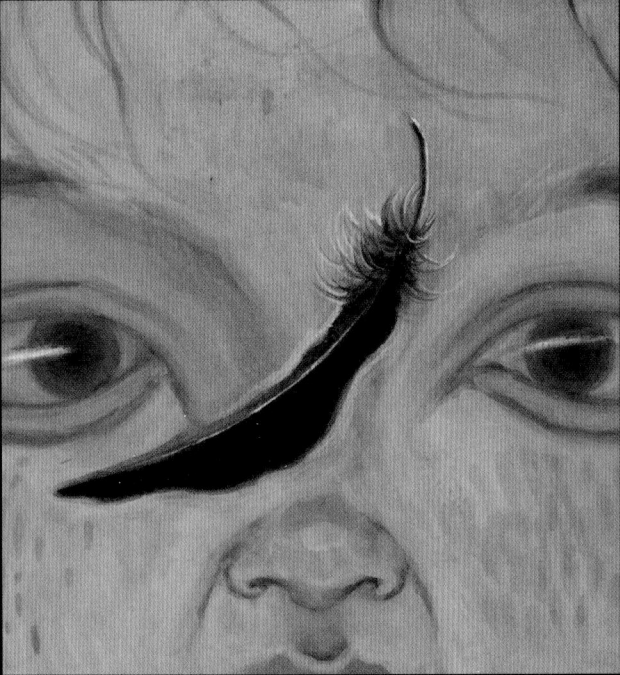

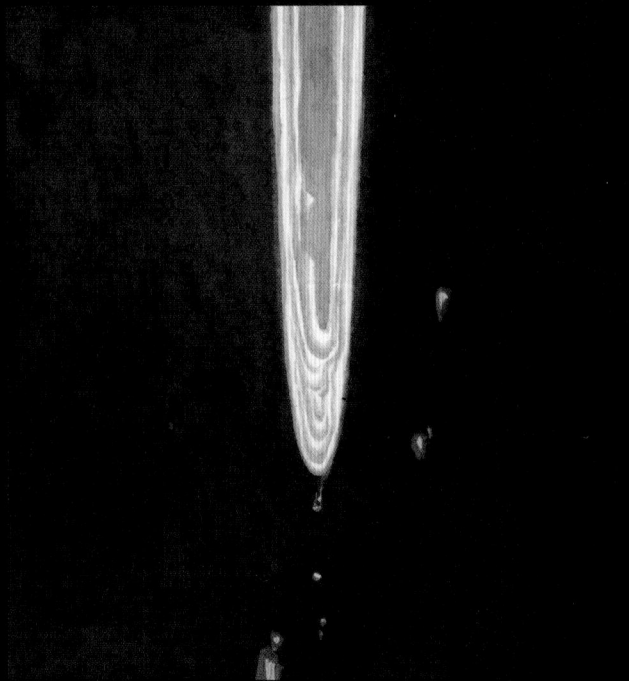

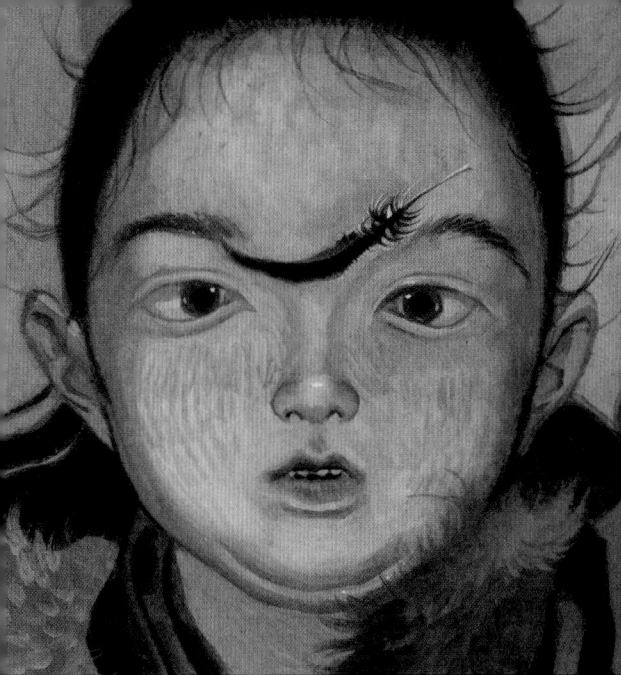

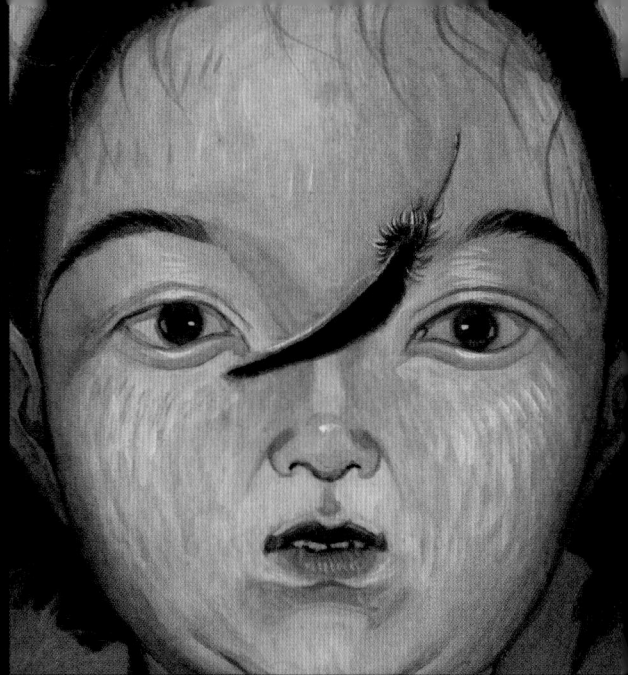

暗中的声音刚刚停止，眉间尺便举手向肩头抽取青色
的剑，顺手从后项窝向前一削，头颅坠在地面的青苔
上，一面将剑交给黑色人。

"呵呵！"他一手接剑，一手捏着头发，提起眉间尺的头来，对着那热的死掉的嘴唇，接吻两次，并且冷冷地尖利地笑。

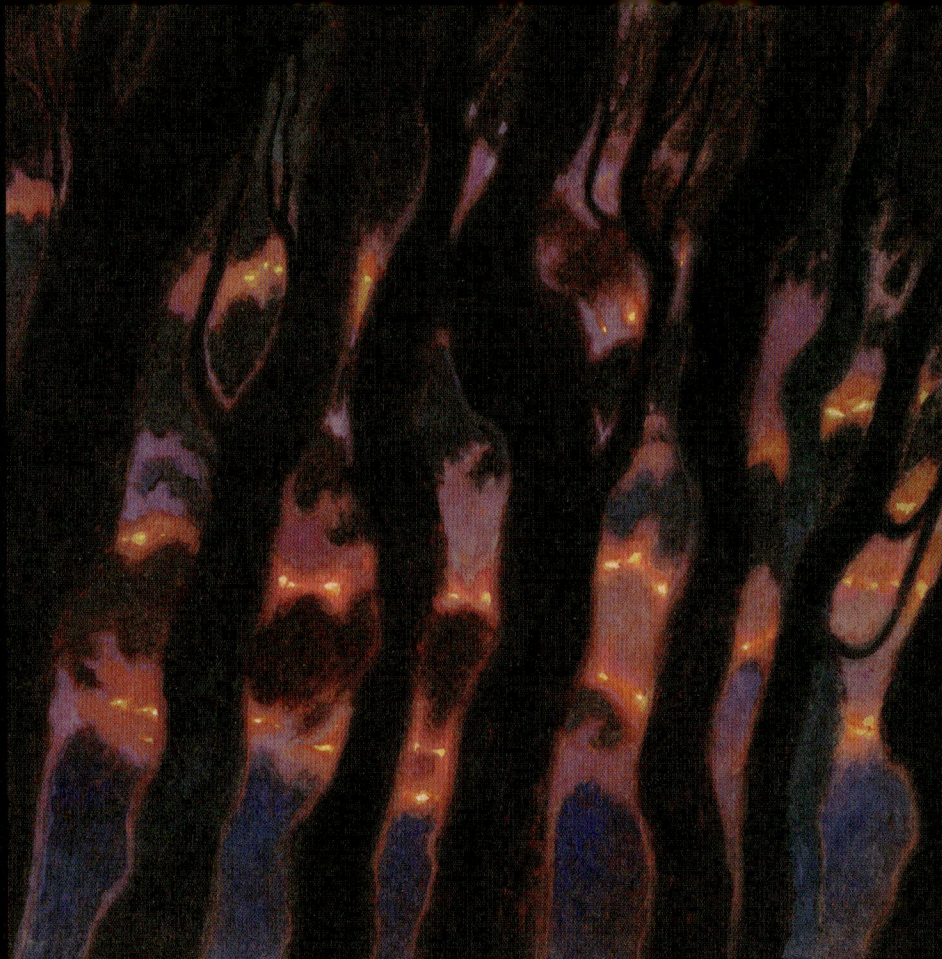

笑声即刻散布在杉树林中，深处随着有一群燐火似的眼光闪动，倏忽临近，听到咻咻的饿狼的喘息。第一口撕尽了眉间尺的青衣，第二口便身体全都不见了，血痕也顷刻舔尽，只微微听得咀嚼骨头的声音。

最先头的一匹大狼就向黑色人扑过来。他用青剑一挥，狼头便坠在地面的青苔上。别的狼们第一口撕尽了它的皮，第二口便身体全都不见了，血痕也顷刻舔尽，只微微听得咀嚼骨头的声音。

他已经掣起地上的青衣，包了眉间尺的头，和青剑都背在背脊上，
回转身，在暗中向王城扬长地走去。

狼们站定了，耸着肩，伸出舌头，咻咻地喘着，放着绿的眼光看
他扬长地走。

他在暗中向王城扬长地走去，
发出尖利的声音唱着歌：

哈哈爱兮爱乎爱乎

爱青剑兮一个仇人自屠

夥颐连翩兮多少一夫

一夫爱青剑兮呜呼不孤

头换头兮两个仇人自屠

一夫则无兮爱乎呜呼

爱乎呜呼兮呜呼阿呼

阿呼呜呼兮呜呼呜呼 [8]

叁

游山并不能使国王觉得有趣；加上了路上将有刺客的密报，更使他扫兴而还。那夜他很生气，说是连第九个妃子的头发，也没有昨天那样的黑得好看了。幸而她撒娇坐在他的御膝上，特别扭了七十多回，这才使龙眉之间的皱纹渐渐地舒展。

午后，国王一起身，就又有些不高兴，待到用过午膳，简直现出怒容来。

"唉唉！无聊！"他打一个大呵欠之后，高声说。

上自王后，下至弄臣，看见这情形，都不觉手足无措。
白须老臣的讲道，矮胖侏儒的打诨，王是早已听厌的
了；近来便是走索，缘竿，抛丸，倒立，吞刀，吐火
等等奇妙的把戏，也都看得毫无意味。他常常要发怒；
一发怒，便按着青剑，总想寻点小错处，杀掉几个人。

偷空在宫外闲游的两个小宦官，刚刚回来，一看见宫里面大家的愁苦的情形，便知道又是照例的祸事临头了，一个吓得面如土色；一个却像是大有把握一般，不慌不忙，跑到国王的面前，俯伏着，说道：

"奴才刚才访得一个异人，很有异术，可以给大王解闷，因此特来奏闻。"

"什么？！"王说。他的话是一向很短的。

"那是一个黑瘦的，乞丐似的男子。穿一身青衣，背着一个圆圆的青包裹；嘴里唱着胡诌的歌。人问他。他说善于玩把戏，空前绝后，举世无双，人们从来就没有看见过；一见之后，便即解烦释闷，天下太平。但大家要他玩，他却又不肯。说是第一须有一条金龙，第二须有一个金鼎。……"

"金龙？我是的。金鼎？我有。"

"奴才也正是这样想。……"

"传进来！"

话声未绝，四个武士便跟着那小宦官疾趋而出。上自王后，下至弄臣，个个喜形于色。他们都愿意这把戏玩得解愁释闷，天下太平；即使玩不成，这回也有了那乞丐似的黑瘦男子来受祸，他们只要能挨到传了进来的时候就好了。

并不要许多工夫，就望见六个人向金阶趋进。先头是宦官，后面是四个武士，中间夹着一个黑色人。待到近来时，那人的衣服却是青的，须眉头发都黑；瘦得颧骨，眼圈骨，眉棱骨都高高地突出来。他恭敬地跪着俯伏下去时，果然看见背上有一个圆圆的小包袱，青色布，上面还画上一些暗红色的花纹。

"奏来！"王暴躁地说。

他见他家伙简单，以为他未必会玩什么好把戏。

"臣名叫宴之敖者[9]；生长汶汶乡[10]。少无职业；晚遇明师，教臣把戏，是一个孩子的头。这把戏一个人玩不起来，必须在金龙之前，摆一个金鼎，注满清水，用兽炭[11]煎熬。于是放下孩子的头去，一到水沸，这头便随波上下，跳舞百端，且发妙音，欢喜歌唱。这歌舞为一人所见，便解愁释闷，为万民所见，便天下太平。"

"玩来！"
王大声命令说。

并不要许多工夫，一个煮牛的大金鼎便摆在殿外，注满水，下面堆了兽炭，点起火来。那黑色人站在旁边，见炭火一红，便解下包袱，打开，两手捧出孩子的头来，高高举起。

那头是秀眉长眼，皓齿红唇；脸带笑容；头发蓬松，正如青烟一阵。黑色人捧着向四面转了一圈，便伸手擎到鼎上，动着嘴唇说了几句不知什么话，随即将手一松，只听得扑通一声，坠入水中去了。水花同时溅起，足有五尺多高，此后是一切平静。

许多工夫，还无动静。国王首先暴躁起来，接着是王后和妃子，大臣，宦官们也都有些焦急，矮胖的侏儒们则已经开始冷笑了。王一见他们的冷笑，便觉自己受愚，回顾武士，想命令他们就将那欺君的莽民掷入牛鼎里去煮杀。

但同时就听得水沸声；炭火也正旺，映着那黑色人变成红黑，如铁的烧到微红。王刚又回过脸来，他也已经伸起两手向天，眼光向着无物，舞蹈着，忽地发出尖利的声音唱起歌来：

哈 哈 爱 兮 爱 乎 爱 乎

爱 兮 血 兮 兮 谁 乎 独 无

民 萌 冥 行 兮 一 夫 壶 卢

彼 用 百 头 颅

千 头 颅 兮 用 万 头 颅

我 用 一 头 颅 兮 而 无 万 夫

爱 一 头 颅 兮 呜 呼

血 乎 呜 呼 兮 呜 呼 阿 呼

阿 呼 呜 呼 兮 呜 呼 呜 呼

随着歌声，水就从鼎口涌起，上尖下广，像一座小山，但自水尖至鼎底，不住地回旋运动。那头即随水上上下下，转着圈子，一面又滴溜溜自己翻筋斗，人们还可以隐约看见他玩得高兴的笑容。过了些时，突然变了逆水的游泳，打旋子夹着穿梭，激得水花向四面飞溅，满庭洒下一阵热雨来。一个侏儒忽然叫了一声，用手摸着自己的鼻子。他不幸被热水烫了一下，又不耐痛，终于免不得出声叫苦了。

黑色人的歌声才停，那头也就在水中央停住，面向王殿，颜色转成端庄。这样的有十余瞬息之久，才慢慢地上下抖动；从抖动加速而为起伏的游泳，但不很快，态度很雍容。绕着水边一高一低地游了三匝，忽然睁大眼睛，漆黑的眼珠显得格外精采，同时也开口唱起歌来：

王泽流兮
浩洋洋

克服怨敌
怨敌克服兮
赫兮强

宇宙有穷止兮万寿无疆

幸我来也兮
青其光
青其光兮
永不相忘

异处异处兮堂哉皇
堂哉皇哉兮嗳嗳唷
嗟来归来
嗟来陪来兮青其光

头忽然升到水的尖端停住；翻了几个筋斗之后，上下升降起来，眼珠向着左右瞥视，十分秀媚，嘴里仍然唱着歌：

阿呼呜呼兮
　呜呼呜呼
　　爱乎呜呼兮
　　　呜呼阿呼

血一头颅兮
　爱乎呜呼

我用一头颅兮而无万夫
　彼用百头颅
　　千头颅

唱到这里，是沉下去的时候，但不再浮上来了；歌词也不能辨别。涌起的水，也随着歌声的微弱，渐渐低落，像退潮一般，终至到鼎口以下，在远处什么也看不见。

"怎了？"等了一会，王不耐烦地问。

"大王，"那黑色人半跪着说，"他正在鼎底里作最神奇的团圆舞，不临近是看不见的。臣也没有法术使他上来，因为作团圆舞必须在鼎底里。"

王站起身，跨下金阶，冒着炎热立在鼎边，探头去看。只见水平如镜，那头仰面躺在水中间，两眼正看着他的脸。待到王的眼光射到他脸上时，他便嫣然一笑。这一笑使王觉得似曾相识，却又一时记不起是谁来。

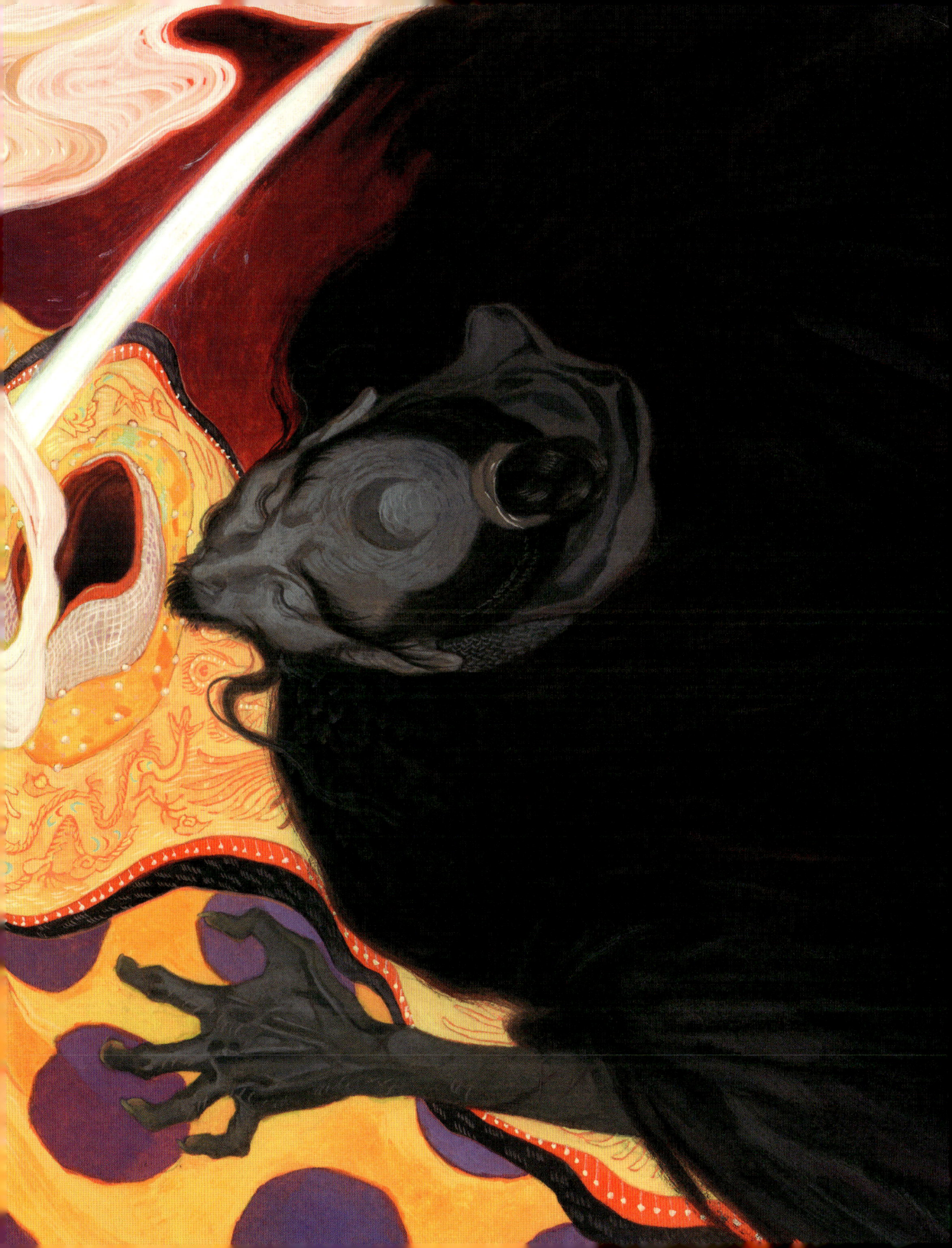

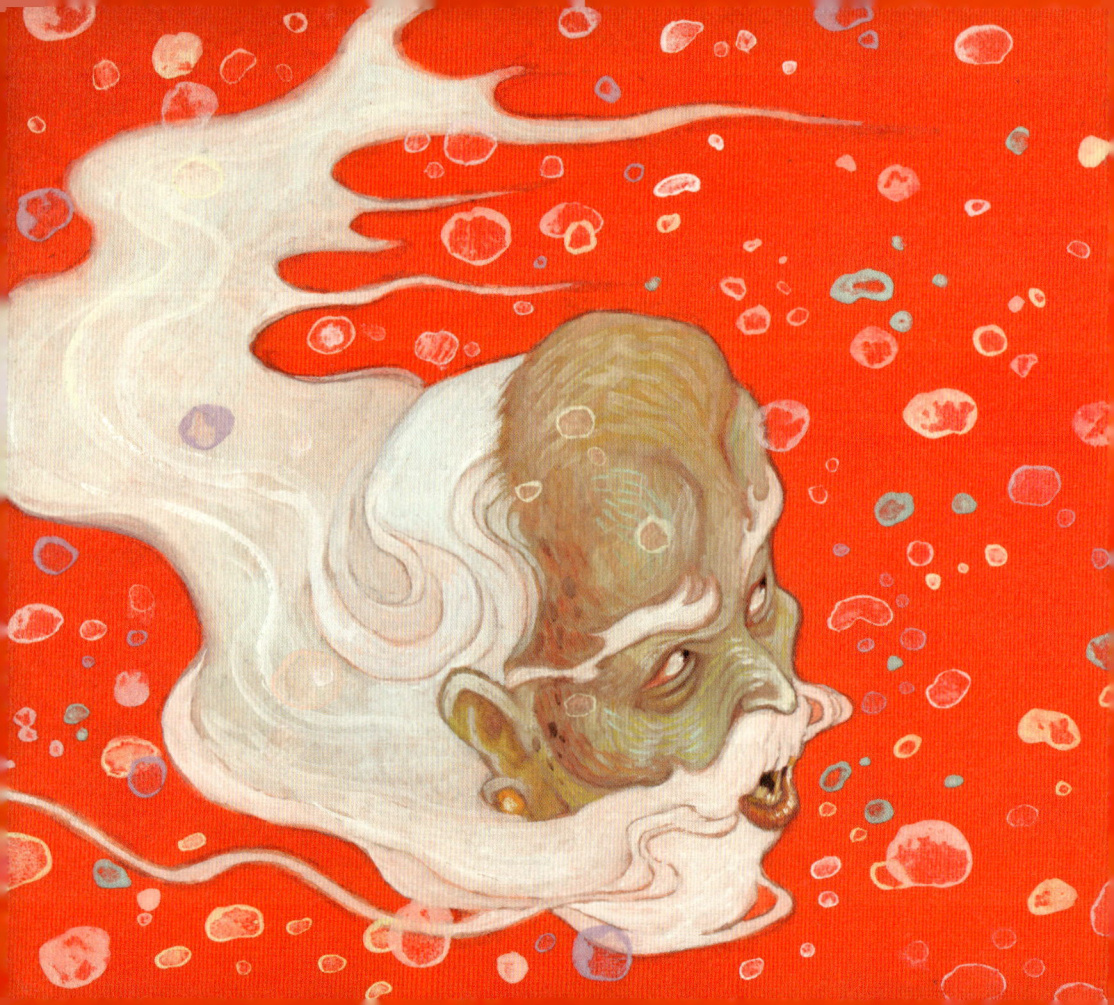

仇人相见，本来格外眼明，况且是相逢狭路。王头刚到水面，眉间尺的头便迎上来，很命在他耳轮上咬了一口。鼎水即刻沸涌，澎湃有声；两头即在水中死战。约有二十回合，王头受了五个伤，上自王后，下至弄臣，骇得凝结着的神色也应声活动起来，似乎感到暗无天日的悲哀，皮肤上都一粒一粒地起粟；然而又夹着秘密的欢喜，瞪了眼，像是等候着什么似的。

黑色人也仿佛有些惊慌，但是面不改色。他从从容容地伸开那捏着看不见的青剑的臂膊，如一段枯枝；伸长颈子，如在细看鼎底。

臂膊忽然一弯，青剑便蓦地从他后面劈下，剑到头落，坠入鼎中，溯的一声，雪白的水花向着空中同时四射。

他的头一入水，即刻直奔王头，一口咬住了王的鼻子，几乎要咬下来。王忍不住叫一声"阿唷"，将嘴一张，眉间尺的头就乘机挣脱了，一转脸倒将王的下巴下死劲咬住。他们不但都不放，还用全力上下一撕，撕得王头再也合不上嘴。

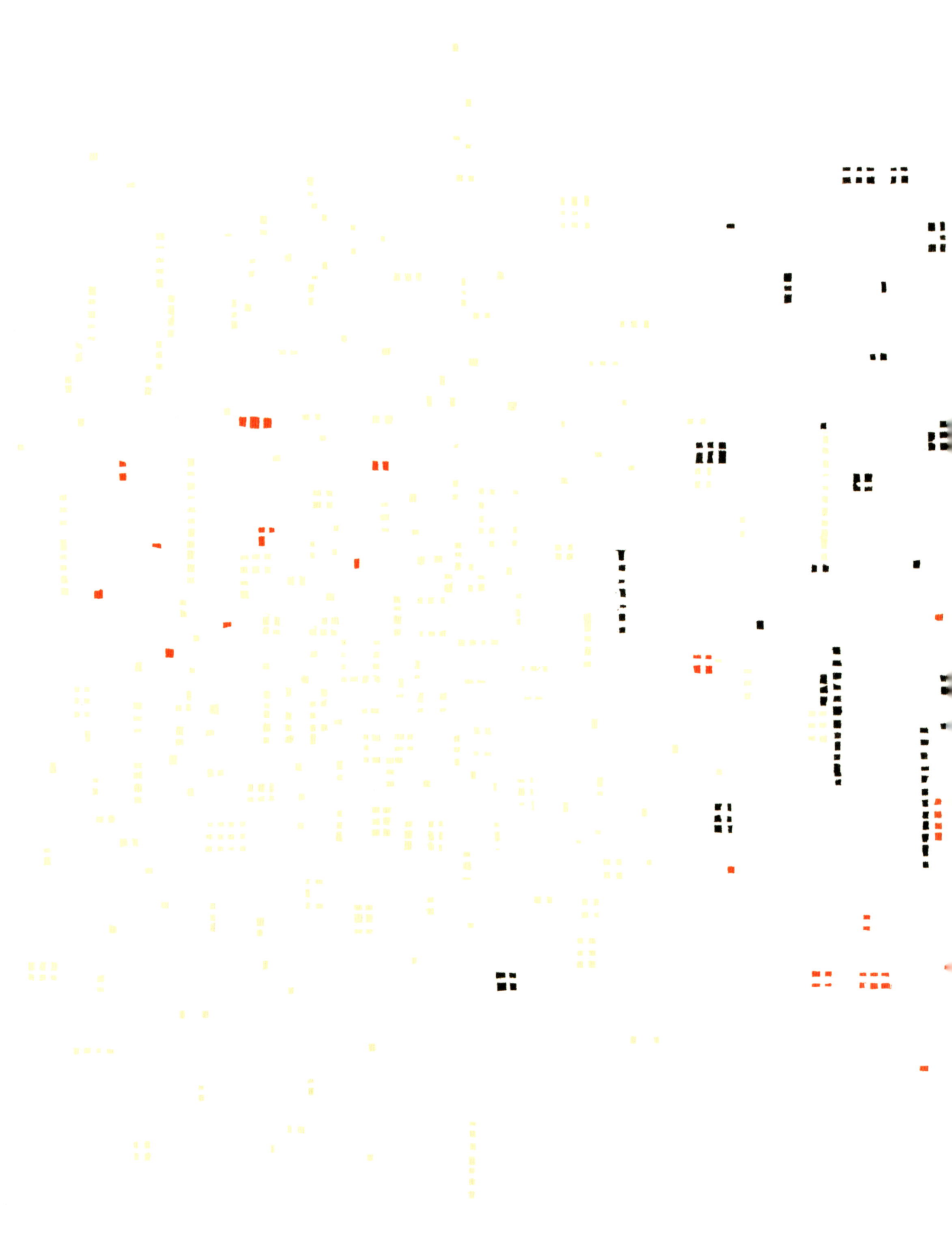

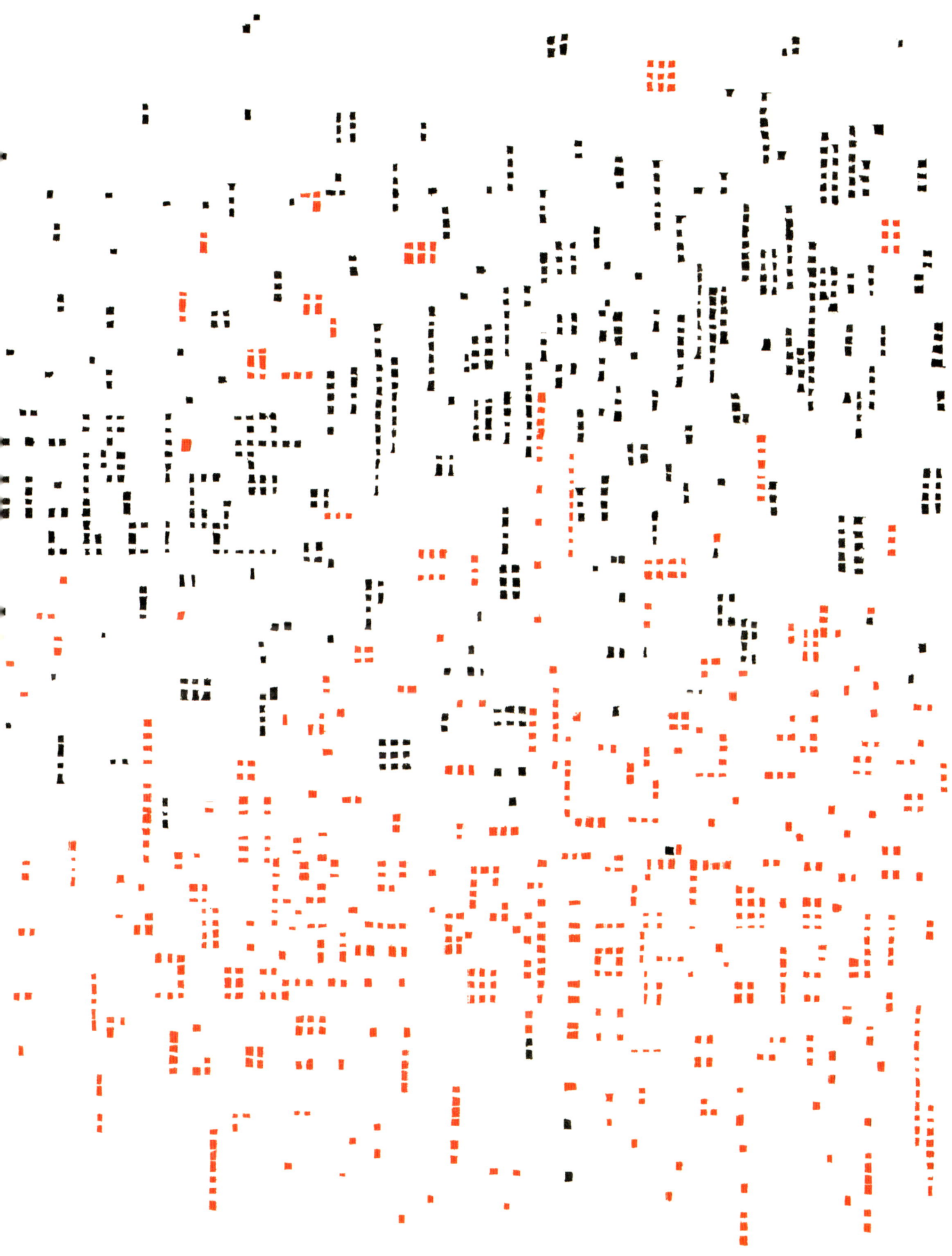

于是他们就如饿鸡啄米一般，一顿乱咬，咬得王头眼歪鼻塌，满脸鳞伤。先前还会在鼎里面四处乱滚，后来只能躺着呻吟，到底是一声不响，只有出气，没有进气了。

黑色人和眉间尺的头也慢慢地住了嘴，离开王头，沿鼎壁游了一匝，看他可是装死还是真死。待到知道了王头确已断气，便四目相视，微微一笑，随即合上眼睛，仰面向天，沉到水底里去了。

肆

烟消火灭；水波不兴。特别的寂静倒使殿上殿下的人们警醒。他们中的一个首先叫了一声，大家也立刻迭连惊叫起来；一个迈开腿向金鼎走去，大家便争先恐后地拥上去了。有挤在后面的，只能从人脖子的空隙间向里面窥探。

热气还炙得人脸上发烧。鼎里的水却一平如镜，上面浮着一层油，照出许多人脸孔：王后，王妃，武士，老臣，侏儒，太监。……

"阿呀，天哪！咱们大王的头还在里面哪，唉唉唉！"第六个妃子忽然发狂似的哭嚷起来。

上自王后，下至弄臣，也都恍然大悟，仓皇散开，急得手足无措，各自转了四五个圈子。一个最有谋略的老臣独又上前，伸手向鼎边一摸，然而浑身一抖，立刻缩了回来，伸出两个指头，放在口边吹个不住。

大家定了定神，便在殿门外商议打捞办法。约略费去了煮熟三锅小米的工夫，总算得到一种结果，是：到大厨房去调集了铁丝勺子，命武士协力捞起来。

器具不久就调集了，铁丝勺，漏勺，金盘，擦桌布，都放在鼎旁边。武士们便揎起衣袖，有用铁丝勺的，有用漏勺的，一齐恭行打捞。有勺子相触的声音，有勺子刮着金鼎的声音；水是随着勺子的搅动而旋绕着。好一会，一个武士的脸色忽而很端庄了，极小心地两手慢慢举起了勺子，水滴从勺孔中珠子一般漏下，勺里面便显出雪白的头骨来。大家惊叫了一声；他便将头骨倒在金盘里。

"阿呀！我的大王呀！"王后，妃子，老臣，以至太监之类，都放声哭起来。但不久就陆续停止了，因为武士又捞起了一个同样的头骨。

他们泪眼模胡地四顾，只见武士们满脸油汗，还在打捞。此后捞出来的是一团糟的白头发和黑头发；还有几勺很短的东西，似乎是白胡须和黑胡须。此后又是一个头骨。此后是三枝簪。

直到鼎里面只剩下清汤，才始住手；将捞出的物件分盛了三金盘：一盘头骨，一盘须发，一盘簪。

"咱们大王只有一个头。那一个是咱们大王的呢？"
第九个妃子焦急地问。

"是呵……"
老臣们都面面相觑。

"如果皮肉没有煮烂，那就容易辨别了。"
一个侏儒跪着说。

大家只得平心静气，去细看那头骨，但是黑白大小，都差不多，连那孩子的头，也无从分辨。王后说王的右额上有一个疤，是做太子时候跌伤的，怕骨上也有痕迹。果然，侏儒在一个头骨上发见了；大家正在欢喜的时候，另外的一个侏儒却又在较黄的头骨的右额上看出相仿的瘢痕来。

"我有法子。"第三个王妃得意地说，"咱们大王的龙准 [12] 是很高的。"

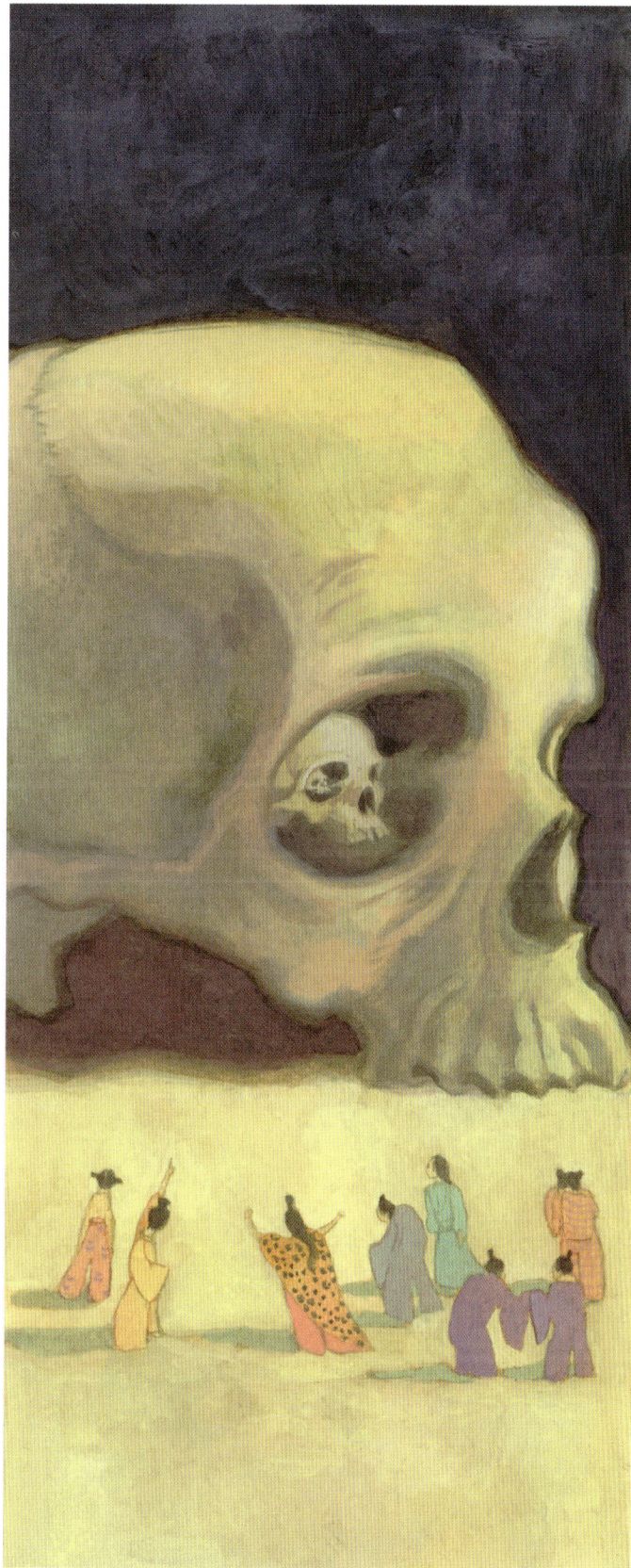

太监们即刻动手研究鼻准骨，有一个确也似乎比较地高，但究竟
相差无几；最可惜的是右额上却并无跌伤的瘢痕。

"况且，"老臣们向太监说，"大王的后枕骨是这么尖的么？"
"奴才们向来就没有留心看过大王的后枕骨……"

王后和妃子们也各自回想起来，有的说是尖的，有的说是平的。
叫梳头太监来问的时候，却一句话也不说。

当夜便开了一个王公大臣会议，想决定那一个是王的头，但结果还同白天一样。并且连须发也发生了问题。白的自然是王的，然而因为花白，所以黑的也很难处置。讨论了小半夜，只将几根红色的胡子选出；接着因为第九个王妃抗议，说她确曾看见王有几根通黄的胡子，现在怎么能知道决没有一根红的呢。于是也只好重行归并，作为疑案了。

七天之后是落葬的日期，合城很热闹。城里的人民，远处的人民，都奔来瞻仰国王的"大出丧"。天一亮，道上已经挤满了男男女女；中间还夹着许多祭桌。待到上午，清道的骑士才缓辔而来。又过了不少工夫，才看见仪仗，什么旌旗，木棍，戈戟，弓弩，黄钺之类；此后是四辆鼓吹车。再后面是黄盖随着路的不平而起伏着，并且渐渐近来了，于是现出灵车，上载金棺，棺里面藏着三个头和一个身体。

百姓都跪下去，祭桌便一列一列地在人丛中出现。几个义民很忠愤，咽着泪，怕那两个大逆不道的逆贼的魂灵，此时也和王一同享受祭礼，然而也无法可施。

此后是王后和许多王妃的车。百姓看她们，她们也看百姓，但哭着。此后是大臣，太监，侏儒等辈，都装着哀戚的颜色。只是百姓已经不看他们，连行列也挤得乱七八糟，不成样子了。

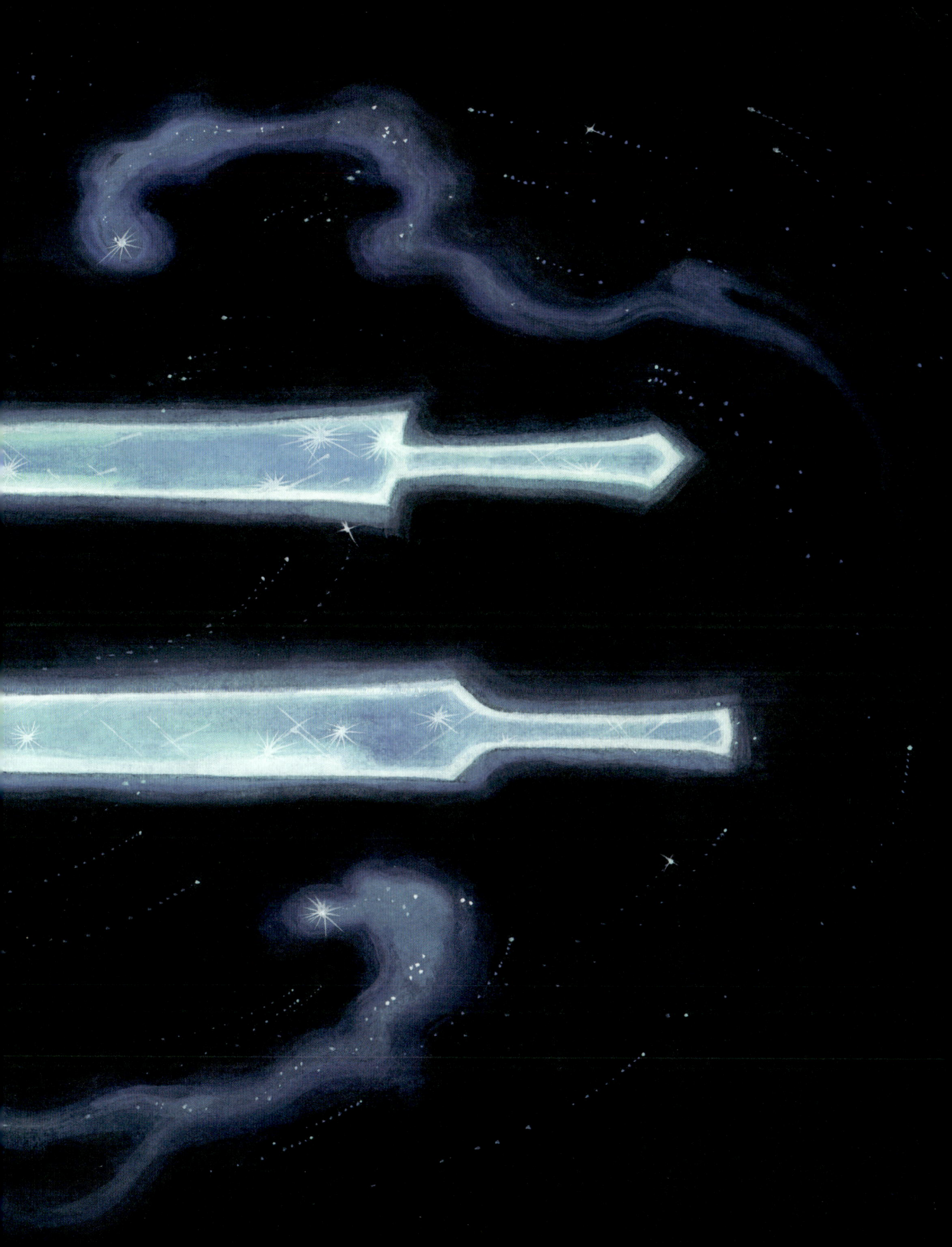

一九二六年十月作。[13]

注释

〔1〕眉间尺复仇的传说见于多种古籍:《吴越春秋》(东汉赵晔)、《列异传》(魏曹丕)、《搜神记》(晋干宝) 等,内容则大同小异。

传他为春秋著名铸剑工匠干将、莫邪之子,因眉距广尺得名眉间尺。父为楚王铸剑而失命,遂立志复仇,以头贿客,代击楚王。

在相传为魏曹丕所著的《列异传》中有如下的记载:"干将莫邪为楚王作剑,三年而成。剑有雄雌,天下名器也,乃以雌剑献君,藏其雄者。谓其妻曰,'吾藏剑在南山之阴,北山之阳;松生石上,剑在其中矣。君若觉,杀我;尔生男,以告之。'及至君觉,杀干将。妻后生男,名赤鼻,告之。赤鼻斫南山之松,不得剑;忽于屋柱中得之。楚王梦一人,眉广三寸,辞欲报仇。购求甚急,乃逃朱兴山中。遇客,欲为之报;乃刎首,将以奉楚王。客令镬煮之,头三日三夜跳不烂。王往观之,客以雄剑倚拟王,王头堕镬中;客又自刎。三头悉烂,不可分别,分葬之,名曰三王冢。"(据鲁迅辑《古小说钩沉》本)

晋代干宝《搜神记》卷十一也有大致记载,但叙述更为细致,如眉间尺山中遇客一段说,"(楚) 王梦见一儿,眉间广尺,言欲报仇,王即购之千金。儿闻之,亡去,入山行歌。客有逢者,谓子年少,何哭之甚悲耶? 曰:'吾干将莫邪子也。楚王杀我父,吾欲报之。'客曰:'闻王购子头千金,将子头与剑来,为子报之。'儿曰:'幸甚!'即自刎,两手捧头及剑奉之,立僵。客曰:'不负子也。'于是尸乃仆。"(此外相传为东汉赵晔所著的《楚王铸剑记》,与《搜神记》所记相同。)

〔2〕山松多油脂，劈成细条，燃以照明，叫"松明"。中国古代照明工具。宋·梅尧臣《宣城杂诗》之十八："野粮收橡子，山屋点松明。"

〔3〕王妃生下了一块铁，出自清代陈元龙撰《格致镜原》卷三十四引《列士传》佚文："楚王夫人于夏纳凉，抱铁柱，心有所感，遂怀孕，产一铁；王命莫邪铸为双剑。"

〔4〕井华水：清晨第一次汲取的井水。（明代李时珍《本草纲目》卷五井泉水《集解》："汪颖曰，平旦第一汲，为井华水。"）

〔5〕雉堞：城上排列如齿状的矮墙，俗称城垛。

〔6〕蜜蜂的排衙：蜜蜂早晚两次群集蜂房外面，就像朝见蜂王一般。这里用来形容人群拥挤喧闹。排衙，旧时衙署中下属依次参谒长官的仪式。

〔7〕放鬼债的资本：作者在创作本篇数月后，曾在一篇杂感里说，旧社会"有一种精神的资本家"，惯用"同情"一类美好言辞作为"放债"的"资本"，以求"报答"。（参看《而已集·新时代的放债法》）

〔8〕这里和下文的歌，意思介于可解不可解之间。鲁迅在一九三六年致日本增田涉的信中还说道，"在《铸剑》里，我以为没有什么难懂的地方。但要注意的，是那里面的歌"，"因为是奇怪的人和头颅唱出来的歌，我们这种普通人是难以理解的"。又说"第三首歌，确是伟丽雄壮"。这些歌强调了复仇的意义和性质，大大增强了小说的战斗性和抒情性。其实这些歌，也可看作是鲁迅心中的歌。

〔9〕宴之敖者：作者虚拟的人名。一九二四年九月，鲁迅辑成《俟堂专文杂集》一书，题记后用宴之敖者作为笔名，但以后即未再用。

〔10〕汶汶乡：作者虚拟的地名。汶汶，昏暗不明。

〔11〕兽炭：古时豪富之家将木炭屑做成各种兽形的一种燃料。东晋裴启《语林》有如下记载："洛下少林木，炭止如粟状。羊琇骄豪，乃捣小炭为屑，以物和之，作兽形。后何召之徒共集，乃以温酒；火燕既猛，兽皆开口，向人赫然。诸豪相矜，皆服而效之。"（据鲁迅辑《古小说钩沉》本）

〔12〕龙准：指帝王的鼻子。准，鼻子。《史记·高祖本纪》："高祖为人，隆准而龙颜。""龙准"也代指皇帝。

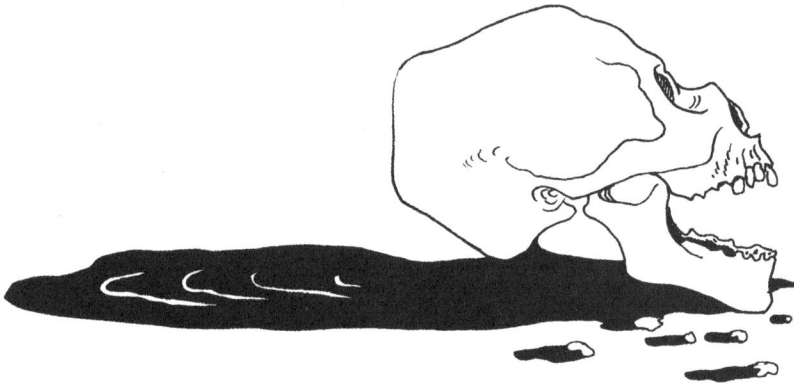

〔13〕本篇最初发表时未署写作日期，现在篇末的日期是收入《故事新编》时补记。据《鲁迅日记》，本篇完成时间为一九二七年四月三日。后最初发表于一九二七年四月二十五日、五月十日《莽原》半月刊第二卷第八、九期，原题为《眉间尺》。一九三二年编入《自选集》时改为现名。

眼泪决不能洗掉运命！

我已经改变了我的优柔的性情，要用这剑报仇去！

一頁 folio

始于一页，抵达世界
Humanities · History · Literature · Arts

出品人　范　新

监制策划　恰　恰

责任编辑　徐　露

营销总监　张　延

版权总监　吴攀君

印制总监　刘玲玲

装帧设计　山　川

内文制作　山　川

Folio (Beijing) Culture & Media Co., Ltd.
Bldg. 16 B, Jingyuan Art Center,
Chaoyang, Beijing, China 100124

官方微博：@一頁 folio | 官方豆瓣：一頁 folio | 联系我们：rights@foliobook.com.cn

一頁 folio
微信公众号

图书在版编目(CIP)数据

铸剑 / 鲁迅原著；昔酒编绘. —— 桂林：广西师范
大学出版社, 2021.7（2022.7重印）
ISBN 978-7-5598-3795-0

Ⅰ.①铸… Ⅱ.①鲁…②昔… Ⅲ.①鲁迅小说
Ⅳ.①I210.6

中国版本图书馆CIP数据核字(2021)第086232号

ZHU JIAN
铸　　剑

原　著：鲁　迅
编　绘：昔　酒
责任编辑：黄安然
特约编辑：徐　露
装帧设计：山　川
内文制作：山　川

广西师范大学出版社出版发行
　　广西桂林市五里店路9号　邮政编码：541004
　　网址：www.bbtpress.com
出版人：黄轩庄
全国新华书店经销
发行热线：010-64284815
北京九天鸿程印刷有限责任公司印刷
开本：889mm×1194mm　1/16
印张：10.25　字数：40千字
2021年7月第1版　2022年7月第3次印刷
定价：138.00元